चाँद पर प्लॉट

चाँद पर प्लॉट

शंभू शिखर

प्रभात
प्रकाशन

प्रकाशक

प्रभात प्रकाशन प्रा. लि.

4/19 आसफ अली रोड, नई दिल्ली–110002

फोन : 011–23289777 • हेल्पलाइन नं. : 7827007777

इ–मेल : prabhatbooks@gmail.com ❖ वेब ठिकाना : www.prabhatbooks.com

संस्करण

प्रथम, 2023

CHAAND PAR PLOT

Satire plays by Shri Shambhu Shikhar

Published by **PRABHAT PRAKASHAN PVT. LTD.**

4/19 Asaf Ali Road, New Delhi-110002

ISBN 978-93-5521-617-5

अनुक्रम

चाँद पर प्लॉट

पहला दृश्य

[एक टेबल के चारों तरफ दर्जन भर कुरसियाँ हैं। उन पर चार सूटेड-बूटेड लोग बैठे हुए हैं। सबके सामने मिनरल वाटर की बोतल रखी हुई है। सबके सब गंभीर मुद्रा में हैं। थोड़े चिंतित दिखाई दे रहे हैं।]

श्रीवास्तव : जेंटलमैन आज दुनिया की सबसे बड़ी समस्या है, बढ़ती आबादी और घटती जमीन। लाखों लोग रोज पैदा हो रहे हैं और जमीन जहाँ की तहाँ है। एक इंच भी नहीं बढ़ रही है। यह पृथ्वी पूरी तरह भर चुकी है। अब कहीं कोई खाली जमीन ही नहीं बची, जहाँ हम प्लॉट काट सकें। कंस्ट्रक्शन कर सकें। लोग पैदा होते रहेंगे और घर नहीं बनेंगे, अपार्टमेंट नहीं खड़े होंगे तो सोचिए यह बढ़ती हुई आबादी रहेगी कहाँ? यह हमारे इस कालखंड का सबसे बड़ा यक्ष-प्रश्न है, जो हम जैसे रियल एस्टेट के व्यवसाइयों को परेशान कर रहे हैं।

हमारे समय की सबसे बड़ी समस्या यह है कि आबादी और जमीन के चक्रव्यूह में हमारे रियल एस्टेट का कारोबार फँस गया है। हमारे कारोबार का चक्का कर्ण के रथ के पहिए की तरह कीचड़ में धंस चुका है और कानून-व्यवस्था का अर्जुन हमारे सामने गांडीव ताने

खड़ा है। हमारे पास खरीदारों का करोड़ों रुपया फँसा हुआ है। हम बेतहाशा बुकिंग करते गए हैं और हमारे पास प्लॉट काटने के लिए एक इंच जमीन भी नहीं बची है। कब तक कस्टमर की आँख में धूल झोंकें! कोर्ट-कचहरी से कैसे बचें! कोर्ट तो सीधे कह देता है कि कस्टमर के पैसे ब्याज सहित लौटाओ। कहाँ से लौटाएँ! कहाँ से लाएँ जमीन! सारी धरती तो बेच चुके। जंगल काटे, पहाड़ तोड़े, तालाबों को समतल करके इमारतें खड़ी कीं। खेती की जमीनों को रिहाइशी कॉलोनियों में बदला। सरकारी जमीनों को लूटा, रैयतों को चूना लगाया, एक-एक प्लॉट को कई-कई बार बेचा। कोर्ट को तो कुछ समझ में नहीं आता। बस ऑर्डर दे देता है। पैसे लौटाओ। कहाँ से लौटाएँ! हमारे पास कोई कारूँ का खजाना है क्या? इधर से लेते हैं, उधर दे देते हैं। हमारा काम ऐसे ही चलता है। खैर···सवाल यह है कि अब हम क्या करें? कस्टमरों को पैसा देते हैं, तो कंगाल हो जाते हैं। कस्टमर भी भोले-भाले हैं। जमीन देखी नहीं। नक्शा देखा और प्लॉट बुक करा लिया। हम भला आती हुई लक्ष्मी को कैसे आने से मना कर देते। अब मामला फँस चुका है। हमारी साख बचानी मुश्किल हो गई है। व्यापार में साख ही पूँजी होती है। उसे बचाए रखना होता है। कैसे बचाएँ··· ? क्या अपनी जमा-पूँजी उड़ाना शुरू कर दें? कंगाल बन जाएँ। हम ऐसा नहीं कर सकते। हम पर बढ़ती हुई आबादी की बुनियादी जरूरत आई मीन आवासीय जरूरत पूरी करने की जिम्मेदारी है। हम वो दुकानदार हैं, जिसके पास खरीदार तो हैं मगर बेचने को माल नहीं है।

शर्माजी : आप सही कह रहे हैं। जिस रफ्तार से देश की आबादी बढ़ रही है, उस रफ्तार से धरती का विस्तार नहीं हो रहा है। हमारे देश की आबादी 140 करोड़ पार कर चुकी है। आबादी के साथ जमीन का रकबा भी बढ़ना चाहिए। नहीं बढ़ रहा है। हम जनता को घर का सपना दिखाते हैं। पूरा भी करते हैं। व्यापार के साथ हम जनसेवा करते हैं। जनसेवा हमारा मौलिक अधिकार है। यह अधिकार हमसे कोई नहीं छीन सकता। लेकिन करें क्या! *(हाँफने लगता है।)*

वंशी बाबा : धरती का विस्तार क्यों नहीं हो रहा है, हम बताते हैं—इस पृथ्वी को त्रिदेवों में से एक ब्रह्मा ने बनाया था। ब्रह्मा क्या थे? वे देवलोक के बिल्डर थे। पता नहीं कैसे बिल्डर थे! उन्होंने धरती का तीन हिस्सा पानी में डूबा रहने दिया। एक हिस्सा बाहर निकाला। उस समय आबादी कम थी। काम चल गया। अब नहीं चल सकता। उन्हें ऐसा उपाय करना था कि जैसे-जैसे आबादी बढ़े समुद्र से जमीन का हिस्सा बाहर निकलता जाए। ऐसा होता तो हमारे लिए प्लॉट की क्या कमी थी। कोई मुश्किल काम नहीं था। ब्रह्मा के पास विश्वकर्मा जैसा एक्सपर्ट सिविल इंजीनियर था! उनसे सलाह-मशवरा करके ऐसी व्यवस्था करते। बढ़िया प्रोजेक्ट बनाते। जितने हजार वर्षों के लिए सृष्टि बनाई, उतने हजार वर्षों की प्लानिंग बनानी थी।

शर्माजी : तो अब आप यह कहना क्या चाहते हैं कि ब्रह्माजी विश्वकर्मा के साथ धरती पर प्रकट हों और समंदर से बाकी धरती को निकालकर हमारे हवाले कर दें कि लो बेटा प्लॉट काटो! अपार्टमेंट बनाओ! सोसाइटी कायम करो···यही प्रॉब्लम का सॉल्यूशन है क्या?

वंशी बाबा : भाई, माहौल कुछ ज्यादा भारी हो गया था। इसलिए उसे हलका करने के लिए यह बात कह दी। हमको पता है कि ऐसा नहीं हो सकता। समस्या का समाधान रियल एस्टेट को निकालना है, ब्रह्मा-विष्णु-महेश को नहीं। हम एक बड़ी समस्या पर विचार करने बैठे हैं। हमारे दिमाग का ठंडा रहना जरूरी है। इसलिए यह बात कही। वैसे देखा जाए तो मैंने गलत तो कुछ नहीं कहा। मेरे कहने का मतलब है कि जिसने भी गढ़ा उसने धरती को बेढंगे तरीके से गढ़ा। ऐसे नहीं गढ़ना चाहिए था।

श्रीवास्तव : बेकार की बहस में समय मत बरबाद करें। हम दर्शनशास्त्र के क्लास में नहीं बैठे हैं। हमारे सामने जीवन-मरण का सवाल है। आप सभी से अनुरोध है कि अपने आचरण को गंभीर रखें। गंभीरता से सुनें और जो भी कहना है गंभीरता से कहें। हमें किसी भी हालत में आज आगे का रास्ता तलाश लेना है।

(श्रीवास्तव के बगल की कुरसी पर बैठे गुप्ता ने हाथ उठाया)

श्रीवास्तव : हाँ भई गुप्ताजी! कहिए। लगता है, आपके मन में कोई बढ़िया-सा आइडिया आया है।

गुप्ता : फ्रेंड्स! सबसे पहले मैं यह कहना चाहता हूँ कि मैं श्रीवास्तव साहब की बात से इत्तेफाक रखता हूँ। वे सोलह आना सही कह रहे हैं। धरती पर एक इंच भी जगह नहीं बची है। हमें इसका विकल्प खोजना ही होगा। हम समुद्र सुखाकर धरती नहीं निकाल सकते। यह प्रैक्टिकल नहीं है। लेकिन अपना धंधा भी बंद नहीं कर सकते। यह भी सही है। यहाँ सिर्फ रियल एस्टेट के लोग बैठे हैं, इसलिए यह बात खुलकर स्वीकार कर सकते हैं

कि हम जनता की सेवा भी करते रहे हैं और बेवकूफ भी बनाते रहे हैं। सरकार को टैक्स भी देते रहे हैं और चूना भी लगाते रहे हैं। ईमानदारी की बात यह है कि अब तक हम यही काम करते रहे हैं। आगे भी यही करते रहेंगे। क्योंकि इसके अलावा कोई दूसरा काम हमने सीखा ही नहीं। हम चूना लगाते हैं, लेकिन यह काम शौक से नहीं करते। यह हमारी मजबूरी है। हम जनता का मुंडन सीधे उस्तुरे से करते हैं और सरकारी तंत्र हमारा मुंडन उलटे उस्तुरे से करता है। इसके बाद हमसे अंडरवर्ल्ड के डॉन वसूली करते हैं। लोकल गुंडा और नेता वसूली करते हैं। हमारे पास बचता ही क्या है! चूना तो लगाना ही पड़ता है। लेकिन हम व्यापारी हैं। हमें अपनी साख भी बचानी होगी। नहीं तो हमें कौन घास डालेगा! हम वही करेंगे, जो अभी तक करते आए हैं, लेकिन अपनी जिम्मेदारियों से मुँह नहीं मोड़ सकते। धरती पर जन्म लेने वाला हर बच्चा हमारा भविष्य का ग्राहक है और ग्राहक की सेवा करना हमारा परम कर्तव्य।

शर्माजी : गुप्ताजी आप तो नेता की तरह भाषण देने लगे। आइडिया पर बात ही नहीं कर रहे हैं। श्रीवास्तव साहब सब कुछ ब्रीफ कर चुके हैं। अब सीधे टू द पॉइंट बात होनी चाहिए। हम भाषण सुनने नहीं आए हैं। आप जो कह रहे हैं, उसमें कुछ भी नया नहीं है। यह सब तो हमें भी पहले से मालूम है। कोई नई बात है, तो कहिए। भेजा मत चाटिए। कोई समाधान है तो बताइए।

गुप्ताजी : समाधान पर ही आ रहा हूँ, शर्माजी। थोड़ा पेशेंस रखिए। कुछ कहने के पहले थोड़ी भूमिका तो बाँधनी होती है। मैंने कुछ कहने के लिए हाथ खड़ा किया है तो बिना

आइडिया के तो नहीं किया है। मैं आइडिया दे सकता हूँ। मानना न मानना आपकी मरजी। सभी की सहमति होने के बाद ही हम किसी निर्णय तक पहुँचेंगे। एसोसिएशन के दिशा-निर्देश पर ही काम करेंगे। जो सबको मान्य होगा, हमें भी मान्य होगा। हमारा काम आइडिया देना है। विचार सभी को करना है। हर कोई अपना आइडिया रख सकता है। जिसका आइडिया क्लिक कर जाएगा, उसी पर हम काम शुरू कर देंगे। मैं यह कह रहा था कि धरती पर जरूर कोई जगह नहीं बची, जहाँ हम प्लॉट काट सकें, लेकिन हमारे सामने पूरा का पूरा ब्रह्मांड खाली पड़ा है। मंगल है। वृहस्पति है। चाँद है। करोड़ों के करोड़ों तारे हैं। इनमें से किसी पर आबादी नहीं है। सबके सब निर्जन पड़े हैं। इस ब्रह्मांड में इतनी जमीन है कि हम सदियों तक प्लॉट काटते और बिल्डिंग बनाते रह जाएँगे, टाउनशिप बसाते रह जाएँगे फिर भी जमीन खत्म नहीं होगी। खासतौर पर मैं चाँद की बात करना चाहूँगा। क्योंकि मनुष्य उपग्रह पर बैठकर उसके कई चक्कर लगा चुका है। वहाँ बेशुमार जमीन है। बरसों-बरस तक प्लॉट काटने का स्कोप है। क्यों न हम चाँद पर प्लॉट काटकर वहाँ बस्तियाँ बसाने पर विचार करें। अमरीका और यूरोप के बिल्डर इसकी प्लानिंग कर रहे हैं। वहाँ गुरुत्वाकर्षण नहीं है। जमीन खत्म होने पर हम हवा में भी कॉलोनियाँ बना सकते हैं। कस्टमर को हवा में तैरते मकान में रहने का आनंद आएगा।

शर्माजी : चाँद पर प्लॉट··· क्या बात करते हैं··· यह कैसे संभव है··· ?

गुप्ताजी : कैसे संभव नहीं है ? लगता है आप यूनिवर्स की खबर नहीं रखते। अमरीका, रूस, चीन, जर्मनी, फ्रांस, जापान

सारे देश तो वहाँ अपनी-अपनी कॉलोनियाँ बना रहे हैं। जापान की टोयोटा कंपनी चाँद के लिए अलग कार बना रही है, उसका नाम है—लूनर क्रूजर। जापान की स्पेस एजेंसी से उसका करार हो चुका है। हम भारत के लोग क्या इतने कमजोर हैं कि वहाँ कॉलोनी नहीं बसा सकते? क्यों नहीं बसा सकते? कौन रोकेगा हमें? हमारे पास भी तो इसरो है, जिसका लोहा दुनिया मानती है। जब हमने तमाम नियम-कानून के होते हुए धरती पर तालाब, जंगल, खेत, मैदान, श्मशान और कब्रिस्तान तक बेच डाले तो तो चाँद पर प्लॉट क्यों नहीं काट सकते? क्यों नहीं बस्तियाँ बसा सकते? क्यों नहीं बेच सकते? वहाँ न कोई सरकार है, न नगर विकास मंत्रालय है, न कोई नियम-कानून है। न कोई विधानसभा है न नगर निगम है, न हाउसिंग बोर्ड जैसा कोई विभाग। वहाँ न किसी को रिश्वत खिलानी है, न नक्शा पास कराना है। खुला मैदान है। जो चाहे जितने हिस्से पर कब्जा कर ले। जितने फ्लोर चाहे खड़ी कर ले। जितने साइज का चाहो प्लॉट काट लो। जिस रेट में चाहे बेच लो। नो मैंस लैड है। कोई रोकने-टोकने वाला नहीं। क्या कहते हैं, श्रीवास्तव साहब?

श्रीवास्तव : विचार सही है। इंप्लीमेंट करने लायक है। सुना था कि सारे जीनियस एक जैसा सोचते हैं। आज प्रत्यक्ष देख लिया। मेरे और आपके विचार कितना मिलते हैं। आपको यह जानकर आश्चर्य होगा कि मेरे दिमाग में भी यह आइडिया आया था। आया ही नहीं था, बल्कि मैंने तो इसरो, नासा आदि स्पेस एजेंसियों से इस मैटर पर डिस्कस भी कर लिया है। वो सबके सब जरूरत

के हिसाब से ट्रांसपोर्टिंग की सुविधा देने को तैयार हैं। चाँद पर आना-जाना बढ़ेगा तो उन्हें पब्लिक ट्रांसपोर्ट चलाने के लिए नियमित उपग्रह सेवा शुरू करने का मौका मिलेगा। हम पर्सनल उपग्रह भी ले सकते हैं। दुनिया भर के वैज्ञानिक चाँद को बसाने की तकनीक पर काम कर रहे हैं। वहाँ बालू और सीमेंट की परवाह नहीं है। हम चाँद पर इसका प्लांट लगा सकते हैं। इसका इंतजाम कर सकते हैं। हो सकता है वहाँ कुछ और बेहतर मैटेरियल मिल भी जाए। लेकिन जेसीबी, क्रेन, राजमिस्त्री, मजदूर सब तो धरती से ही ले जाना पड़ेगा। इसके लिए सेटेलाइट ट्रांसपोर्टेशन सर्विस की जरूरत पड़ेगी। स्पेस एजेंसियाँ इसकी व्यवस्था करेंगी। हमने इसका इंतजाम कर लिया है। बस सभी मेंबर एग्री हों तो हम इस दिशा में आगे बढ़ने पर विचार करें।

शर्माजी : चलिए जी…मान लिया। प्लॉट काट लेंगे। कोई रोकेगा न टोकेगा। लेकिन खरीदार कहाँ से लाएँगे? हम भारत में हैं। अमरीका या यूरोप में नहीं हैं कि सेलिब्रिटी के पेट की गंदी गैस भी लाखों डॉलर में बिकती हो। उनके फटे-पुराने कपड़ों की भी बोली करोड़ों में लगती हो। उनके पास इतना पैसा है कि वे इस तरह के काम कर सकते हैं। वे चाँद पर प्लॉट खरीद सकते हैं। वहाँ जाकर रह सकते हैं। वीकेंड मना सकते हैं। लेकिन भारत में ऐसे मालदार खरीदार कहाँ मिलेंगे?

गुप्ताजी : मिल जाएँगे शर्माजी, मिल जाएँगे। धीरज रखिए। भारत में मालदार भी हैं और दिलदार भी। मालदार लोगों की समस्या है कि अपना कालाधन कहाँ रखें। आईटी वाले छापा मारकर सब लूट ले जाते हैं। उनके लिए चाँद पर

एक ठिकाना धन की सुरक्षा की गारंटी करेगा। दिलदार लोगों की समस्या है कि वे अपनी महबूबा के लिए जमीन-आसमान एक कैसे कर दें। कैसे उसका भरोसा जीतें। वे उन्हें अपने प्रेम का कुछ ऐसा तोहफा देना चाहते हैं, जो किसी ने न दिया हो। वे कुछ भी कर सकते हैं। हमारे सबसे पहले ग्राहक होंगे, हमारे देश के दिलफेंक आशिक। पागल प्रेमी। ऐसे आशिक हर शहर, हर गली, हर नुक्कड़ पर मिल जाएँगे। उनमें मालदार भी हैं और दिलदार भी हैं। हमारे देश की महबूबाएँ अब पहले जमाने की तरह टेसुए बहाने वाली नहीं हैं। पढ़ी-लिखी हैं। तेज-तर्रार हैं। अगर अपने महबूबों से चाँद पर प्लॉट लेने की जिद करेंगी, तो उनके महबूब अपनी दोनों किडनियाँ बेच देंगे, अपने फेफड़े नीलाम कर देंगे। आँखें बेच देंगे, अपने शरीर का सारा खून बेच देंगे, लेकिन अपनी महबूबा की फरमाइश जरूर पूरी करेंगे। दिलफेंक आशिक यू नो···बेसिकली पागल होते हैं और जब वे अपने पागलपन पर उतरेंगे, जब उनके अंदर प्रेम की ज्वालामुखी फूटेगी तो वे चाँद पर प्लॉट खरीदकर ही दम लेंगे। वे हमारे धंधे की शुरुआत करा सकते हैं। हमारे पास और कोई रास्ता नहीं है।

शर्माजी : लेकिन···।

श्रीवास्तव : जेंटलमेन···यह बहस करने का समय नहीं है। कुछ कर दिखाने का समय है। कहते हैं न···नो रिस्क, नो गेन। जरा सोचिए आज से चालीस साल पहले कोई अपार्टमेंट में फ्लैट लेने को तैयार होता था क्या? नहीं होता था न? हमने तैयार किया कि नहीं? आज हालत यह है कि फ्लैट दिखाने की भी जरूरत नहीं पड़ती। नक्शा

दिखाकर बेच सकते हैं। फ्लैट बनाते बाद में हैं, बेच पहले लेते हैं। अरे साहब! हम टैलेंटेड लोग हैं। जब हम श्मशान बेच सकते हैं, कब्रिस्तान बेच सकते हैं तो चाँद पर प्लॉट क्यों नहीं बेच सकते? बिल्कुल बेच सकते हैं। आई एग्री विथ मिस्टर गुप्ता।

(बोलते-बोलते श्रीवास्तव गले पर हाथ फेरते हैं और पानी की बोतल उठा लेते हैं।) सभी एक स्वर में कहते हैं, हम तैयार हैं।''देर तक तालियाँ बजती रहती हैं।)

गुप्ताजी : जब सभी तैयार हैं, तो मैं श्रीवास्तव साहेब को सुझाव देना चाहूँगा कि शुभ काम में देर क्यों?

श्रीवास्तव : यह हमारा मून मिशन होगा। इसकी शुरुआत कैसे हो, इस पर आप सब अपना सुझाव दें।

गुप्ताजी : हम पहले कुछ ऐसी पत्रिकाओं में विज्ञापन देंगे, जिन्हें रोमांटिक मिजाज की लड़कियाँ रात को घर के लोगों से छुपाकर पढ़ती हैं। वे विज्ञापन देखेंगी। उन्हें काटकर अपने पर्स में रख लेंगी। फिर जब उनका महबूब चाँद-तारे तोड़कर लाने की शेखी बघारेगा तो विज्ञापन दिखाकर कहेंगी कि तोड़-फोड़ बाद में करना, पहले चाँद पर एक प्लॉट तो दिला दो। महबूब के सामने कोई चारा नहीं बचेगा। या तो वह ब्रेकअप करके देवदास बन जाएगा या फिर प्लॉट खरीदकर शाहजहाँ बनने की कोशिश करेगा। धनपशु हुआ तो सीधा हमारे पास आएगा। फक्कड़ हुआ तो भी हमारे पास ही आएगा। इस बीच हम रेट कार्ड और जरूरी लिटरेचर तैयार कर लेंगे। जब कस्टमर आएगा, तब हम उसे बताएँगे कि प्लॉट की कीमत क्या होगी। चंद्र बस्तियों का टाउनशिप कैसा होगा। क्या-क्या सुविधाएँ होंगी। उसके सामने ऐसी तसवीर पेश करेंगे कि

वह वहाँ पहुँचने के लिए बेचैन हो जाएगा। हम बताएँगे कि वह अपनी प्रेमिका के लिए सपनों का महल कैसे बना सकता है? कैसे उसमें रह सकता है। हम बताएँगे कि वह पैसों का इंतजाम कैसे कर सकता है। क्या-क्या बेच सकता है। कहाँ-कहाँ से कर्ज ले सकता है, आदि-आदि। जब ग्राहक आने शुरू हो जाएँगे तो हमारा एसोसिएशन हमारी कंपनियों की भूमिका तय करेगा। हमें धीरे-धीरे आगे बढ़ना है। शुरुआत में हम मिलकर इनवेस्ट करेंगे और मिलकर लाभ कमाएँगे। जब काम बढ़ेगा तो आपस में बाँट लेंगे। हमारा काम स्मूथली चलेगा। चाँद पर न कोई रंगदारी माँगेगा, न इनकम टैक्स न ईडी, न सेल्स टैक्स न जीएसटी। न छापेमारी का डर न लूटपाट का खौफ। किडनैपिंग का खतरा तो एकदम नहीं। हम अपना दो नंबर का सारा पैसा वहाँ आराम से रख सकेंगे। ईडी-तीडी हमारे पास फटक भी नहीं पाएँगे। हम एकदम सेफ रहेंगे।

श्रीवास्तव : सही बात है...गुप्ताजी...आपका सुझाव अच्छा है। मैं भी यही सोच रहा था। सारे जीनियस एक जैसा सोचते हैं न...। ग्राहकों को डील करने की जिम्मेदारी आप और शर्माजी की। बाकी इंतजाम मैं और वंशी बाबा सँभाल लेंगे। बस आप विज्ञापन का मैटर तैयार कीजिए। किन-किन पत्रिकाओं को देना है, किस-किस मीडिया को टच करना है इसकी सूची तैयार कीजिए। पब्लिसिटी का बजट बनाइए। हम स्पेस एजेंसियों से बात करके जरूरी उपकरण, लेबर आदि भिजवाने का इंतजाम करते हैं। जो खर्च आएगा आपस में बाँट लेंगे। जो माल आएगा आपस में बाँट लेंगे।

सब एक साथ : हम सब तैयार हैं।

श्रीवास्तव : तो प्रॉब्लम सॉल्व्ड। थैंक्स मिस्टर गुप्ता। अब हमारे मिशन मून पर काम का श्री गणेश हो।

वंशी बाबा : चलो दिलदार चलो, चाँद के पार चलो।

सब एक साथ : हम हैं तैयार चलो।

श्रीवास्तव : तो फिर ठीक है। बस आज की बैठक विसर्जित। *(एक-एक कर सभी लोग अपनी कुरसियों से उठकर बाहर निकल जाते हैं। लाइट ऑफ होती है, फिर वापस आती है।)*

दूसरा दृश्य

[गुप्ताजी और शर्मा बैठे हुए हैं। दोनों के मोबाइल टेबल पर उनके सामने रखे हैं। कुछ पत्रिकाएँ रखी हैं, उनके पीछे एक बैनर पर लिखा दिखाई देता है, चंद्र बस्ती का प्लॉट बुकिंग केंद्र, बिल्डर एसोसिएशन ऑफ यूनिवर्स। नीचे स्लोगन लिखा है, चाँद पर घर बनाने का सपना पूरा करें। इससे पहले कि ऑफर खत्म हो, अपना प्लॉट बुक करें।]

शर्माजी : विज्ञापन तो ठीक छपे हैं, गुप्ताजी। अब देखिए कितने ग्राहक इससे प्रेरित हो पाते हैं।

गुप्ताजी : यह विज्ञापन नहीं है, शर्माजी। यह मछली फँसाने का चारा है। हम जाल फेंक चुके हैं। मछलियाँ फँसेंगी ही फँसेंगी। धीरज रखिए। अभी विज्ञापन निकले मुश्किल से दो दिन हुए हैं। लड़कियाँ देखेंगी। अपने प्रेमियों पर दबाव बनाएँगी। इसके बाद ही तो वे हमारे पास आएँगे। *(फोन बजता है।)*

गुप्ताजी : देखा?⋯लगता है कोई मछली फँसी। *(कॉल रिसीव करता है)*

गुप्ताजी : हलो, बिल्डर एसोसिएशन ऑफ यूनिवर्स हियर, कहिए, हम आपकी क्या सेवा कर सकते हैं।...जी...जी आप विज्ञापन वाले पते पर आ जाइए। फोन पर क्या बात करना। आमने-सामने बैठकर डिटेल में बात करते हैं।... जी जब जी चाहे आ जाइए। हमारा दफ्तर 24 घंटे सातों दिन खुला रहता है।...न...न ऑनलाइन बुकिंग का अभी ऑप्शन नहीं है। अभी वहाँ बैंक खुले नहीं हैं। आप आ जाइए...बिल्कुल अभी भी आ सकते हैं। *(कॉल काट के शर्माजी से)* देखा शर्माजी...एक मछली फँसी। अभी तैरती हुई हमारे पास आ रही है।

शर्माजी : उसे तलकर खाना है या कच्चा?

गुप्ताजी : पहले आने तो दीजिए। उसका वजन देखने के बाद रेसिपी तय करेंगे। अब हँसी-मजाक नहीं। सीरियस होकर बैठिए। वह आता ही होगा।

तीसरा दृश्य

[गुप्ता बेल बजाता है।]

चपरासी आता है।

गुप्ताजी : देखो सुखीराम थोड़ी देर में एक आदमी आएगा। उसको 10 मिनट वेटिंगरूम में बिठाना और कहना कि साहब लोग अभी मीटिंग में हैं। उसका कार्ड या पुर्जा लेकर अंदर आना और जब हम घंटी बजाएँ तो उसे भेज देना। आने के साथ वेटिंगरूम में उसे प्लेट में बिस्किट और एक गिलास पानी पेश करना, इसके पाँच मिनट बाद चाय देना। इसके बाद हमारी घंटी का इंतजार करना। जब वह अंदर आ जाए तो फिर

एक गिलास पानी देना इसके बाद ड्राई फ्रूट्स और कॉफी। ठीक ?

सुखीरामजी : यस सर, समझ गया। अपने जैसा बताया वैसा ही होगा।

शर्माजी : दस मिनट का इंतजार क्यों ?

गुप्ताजी : हमारा इंप्रेशन जमाने के लिए। तुरंत बुला लेंगे तो समझेगा कि हम निठल्ले किस्म के भुक्खड़ लोग हैं। थोड़ा इंतजार कराएँगे तो लगेगा कि हम बिजी लोग हैं। लगेगा कि वह किसी रेपुटेड कॉर्पोरेट कंपनी के दफ्तर में आया है।

शर्माजी : और यह चाय, कॉफी, ड्राई फ्रूट ?

गुप्ताजी : कॉर्पोरेट कल्चर की फीलिंग देने के लिए। बकरे की बलि देने के पहले सिंदूर लगाया जाता है कि नहीं। पूजा की जाती है कि नहीं। इसके बाद ही तो देवता को समर्पित किया जाता है। है कि नहीं ?

शर्माजी : यस...आप इंटेलिजेंस आदमी हैं। (हँसते हुए एक-दूसरे को आँख मारते हुए हाथ मिलाते हैं।)

गुप्ताजी : अब आप सीरियस होकर बैठ जाइए। मछली तैरती हुई आने ही वाली होगी।

(चपरासी अंदर आकर एक विजिटिंग कार्ड देता है।)

गुप्ताजी : क्या करना है याद है न ?

सुखीरामजी : यस सर...।

गुप्ताजी : ठीक है जाओ।

चौथा दृश्य

[गुप्ताजी घंटी बजाते हैं। एक 25 साल का युवक अंदर आता है। गुप्ता और शर्मा से हाथ मिलाने के बाद उनके सामने की कुरसी पर बैठ जाता है।]

गुप्ताजी : सॉरी मिस्टर पुष्पलाल भँवरा साहब! आपको इंतजार करना पड़ा। एक्चुअली टेक्निकल टीम के साथ जरूरी बैठक चल रही थी। अब आप बताइए आपकी क्या सेवा कर सकते हैं।

भँवरा : जी···मुझे चाँद पर एक प्लॉट बुक कराना है।

गुप्ताजी : कमर्शियल चाहिए या रेसीडेंशियल?

भँवरा : रेसीडेंशियल चाहिए। एक डुप्लेक्स बनवाना है।

गुप्ताजी : वेरी गुड···आपके साथ कितने लोग वहाँ रहेंगे? किस-किस उम्र के होंगे?

भँवरा : वहाँ भीड़ नहीं लगानी। सिर्फ मैं रहूँगा और मेरी जानेमन रहेगी। गर्लफ्रेंड की जिद है पूरी तो करनी ही पड़ेगी। हम वहीं शादी करेंगे। वहीं हनीमून मनाएँगे। वहीं बाल-बच्चे पैदा करेंगे।

गुप्ताजी : बहुत उत्तम विचार है। आप साधारण पुरुष नहीं हैं। आप साक्षात् 21वीं सदी के शाहजहाँ हैं, जो अपनी मुमताज को लिए ताजमहल बनाने का संकल्प लेकर आए हैं। आपकी इच्छा अवश्य पूरी होगी। हम भी इस मुकाम से गुजर चुके हैं। जब प्यार होता है, तो अपने अंदर एक अलग किस्म की पॉजिटिव एनर्जी काम करती है। जी करता है कि चाँद-तारे तोड़कर उसके कदमों में रख दें। छोटे-मोटे प्लॉट का क्या पूरी सृष्टि ही उस पर न्योछावर कर दें।

भँवरा : एक्जैक्टली···मैंने यही तो उससे कहा था कि तुम्हारे लिए, मैं चाँद-तारे तोड़कर ला सकता हूँ। एक पुस्तक में यह डॉयलग देखा था। बस बोल गया।

गुप्ताजी : अच्छा तो भाभीजी ने क्या कहा?

भँवरा : उसने आपका विज्ञापन देख लिया था। मेरी ओर बढ़ाया

और बोली कि पहले चाँद पर एक प्लॉट तो दिला दो।

गुप्ताजी : फिर क्या हुआ?

सौरभ : मैंने कहा कि प्लॉट क्या मैं वहाँ डुप्लेक्स बनवाऊँगा। फिर पूछा कि बनवा दूँ, तो क्या इनाम मिलेगा। उसने कहा जो माँगोगे वही मिलेगा। मतलब कि इसके बाद वो पूरी तरह मेरी हो जाएगी। मैं उसका हो जाऊँगा। मेरी मुराद पूरी हो जाएगी। बस इसके बाद आपको फोन किया और दौड़ा-दौड़ा यहाँ चला आया। अब मैं चाँद पर प्लॉट लेकर ही रहूँगा, चाहे अपनी किडनी क्यों न बेचनी पड़े!

गुप्ताजी : आप तो सेंटीमेंटल हो रहे हैं। हमारे रहते आप किडनी क्यों बेचेंगे? ऐसी नौबत कभी नहीं आएगी। इनसान को पता नहीं रहता कि वह क्या कर सकता है। आप अपनी महबूबा के साथ शान से चाँद पर रहेंगे। आपको वहाँ की वीवीआईपी कॉलोनी में प्लॉट देंगे।

शर्माजी : अरे, वो मंबानीज के बगल वाला प्लॉट, जो हमने रोक रखा है, क्यों न इन्हीं को दे दिया जाए!

गुप्ताजी : यू आर राइट। अडानीज और टाटाज भी तो वहीं हैं। टाटाज ने आबादी बढ़ने के साथ ही एयर इंडिया की तरह एयर सेटेलाइट सर्विस शुरू करने की प्लानिंग की है। अच्छी लोकैलिटी मिलेगी। वह प्लॉट देखने के बाद तो इनकी जानेमन तितली की तरह उड़ने लगेगी।

भँवरा : क्या बात कह दी आपने! उसका नाम तितली ही तो है। मैं भँवरा और वह तितली। हम बाग में बहार बनकर वहाँ रहेंगे।

गुप्ताजी : आपकी इच्छा जरूर पूरी होगी। हम किस मर्ज की दवा हैं? हमने जुबान दे दिया तो दे दिया। पीछे नहीं हटने

वाले। पैसे का क्या है वह तो हवा में उड़ता रहता है। बस उसे लपकने का आर्ट आना चाहिए और हम इस आर्ट में माहिर हैं।

भँवरा : वह तो ठीक है। लेकिन पैसा कितना लगेगा? सिर्फ प्लॉट नहीं। डुप्लेक्स बनाने तक का खर्च जोड़कर बताइए। प्लॉट आप देंगे तो कंस्ट्रक्शन का जिम्मा भी आप ही को लेना होगा।

गुप्ताजी : बिल्कुल··हम सारा जिम्मा लेते भी हैं। अब आप कहाँ चाँद पर सीमेंट-बालू ढूँढ़ते रहेंगे। हम कस्टमर को रेडी टू शिफ्ट सर्विस देते हैं। (एक कार्ड बढ़ाते हुए) हमारा रेट कार्ड देख लीजिए। ब्राउसर भी पढ़ लीजिए। आप समझ जाएँगे कि हम वहाँ कितनी लग्जीरियस बस्ती बनाने जा रहे हैं। कितने कंफर्टेबल घर बनाएँगे। इसमें पैकेज डील भी है। पैकेज डील में आपको घर, किचेन गार्डेन, फंर्ट गार्डेन, किचेन, बिजली, गैस कनेक्शन सब कुछ मिलेगा। पूरी तरह फर्निश्ड। पहले महीने का राशन तक हमारी तरफ से। हम रौबी सूट देंगे, ऑक्सीजन सिलिंडर देंगे। मतलब जरूरत का हर सामान हमारी कंपनी प्रोवाइड करेगी। आपको बस आना है और रहने लगना है।

भँवरा : बस मुझे पैकेज डील ही चाहिए।

गुप्ताजी : आप रेटकार्ड देख लीजिए। वैसे यह कॅमर्शियल रेट है। इस रेट में हम होटल, गेस्ट हाउस, मोटल वगैरह बनाकर देते हैं। आपको रेसीडेंशियल रेट लगेगा। इसमें तीस परसेंट का रिबेट मिल जाएगा। इसके अलावा भी हमसे जो भी बन पड़ेगा करेंगे। हम चाहेंगे कि चाँद पर अच्छे लोग ही बसें। एक प्रेमी से अच्छा आदमी कौन

हो सकता है? वह अपनी महबूबा के लिए जान तक न्योछावर करने को तैयार रहता है। हम चाहेंगे कि आप जैसे लोग जरूर वहाँ बसें।

भँवरा : डुप्लेक्स के पैकेज डील का रेट 10 करोड़ लिखा हुआ है। डुप्लेक्स तो रेसीडेंशियल ही होता है। मतलब यह तो रेसीडेंशियल रेट ही है। मतलब मेरे को 10 करोड़ का इंतजाम करना होगा?

गुप्ताजी : नहीं आपको 30 परसेंट का रिबेट देंगे। आपको पूरे तीन करोड़ का फायदा हो जाएगा।

भँवरा : मतलब सात करोड़...।

(खयालों में कुछ जोड़ने-घटाने लगता है। शर्माजी गुप्ताजी की तरफ देखते हैं। गुप्ताजी आँखों से शांत रहने का इशारा करते हैं।)

गुप्ताजी : इतना ही नहीं जनाब! अभी तक हमने वीवीआईपी लोगों की बुकिंग की है। यह रेट उनके लिए है। आम लोगों की बुकिंग अब शुरू की है। उसका कार्ड अभी आया नहीं है। आप आम लोगों की कैटेगरी के हमारे पहले ग्राहक हैं। इसलिए आपको दो करोड़ का और रिबेट देंगे। आपको आधे दाम में डुप्लेक्स मिल जाएगा। पूरे पाँच करोड़ की बचत। दस का माल पाँच में। और क्या चाहिए?

शर्माजी : हमारा मानना है कि चाँद पर खाली वीवीआईपी नहीं बसें। एक बैलेंस्ड सोसाइटी बसाई जाए। वहाँ खास लोगों के साथ आम लोगों का होना जरूरी है। नहीं तो हमारी चंद्र बस्ती एलीट क्लास की बपौती बनकर रह जाएगी। हम ऐसा नहीं होने देंगे। हमें कुछ घाटा भी हो जाए, तो बरदाश्त कर लेंगे, लेकिन किसी भी चंद्र बस्ती पर एलीट क्लास का कब्जा नहीं होने देंगे।

गुप्ताजी : पुष्पलाल भँवरा जैसे जुनूनी लोग वहाँ रहेंगे तो एलीट क्लास का कैसे कब्जा हो जाएगा···। पृथ्वी के बाद मानव समाज के लिए चाँद ही तो सबसे बेहतर ग्रह है। हम बढ़िया इंफ्रास्ट्रक्चर के साथ वहाँ लोगों को बसाएँगे। आपको पता होगा वहाँ गुरुत्वाकर्षण है ही नहीं। आप चाहो तो वहाँ अपने डुप्लेक्स के साथ उड़ने का भी मजा ले सकते हो। वहाँ सब कुछ हैंगिंग होगा। आप अपने डुप्लेक्स को जब चाहे नीचे रखें, जब चाहे सौ–दो सौ फीट की ऊँचाई पर ले जाएँ।

(भँवरा चुपचाप उनकी बात सुनता रहता है।)

भँवरा : वह तो ठीक है, लेकिन मेरे एकाउंट में अभी केवल डेढ़ करोड़ है।

गुप्ताजी : बहुत है। बाकी कुछ मकान–जमीन तो होगा, जिसे बेचा जा सकता है। कुछ दोस्त–महीम, कुछ रिश्तेदार होंगे, जिनसे कर्ज लिया जा सकता है। बस साढ़े तीन करोड़ का तो इंतजाम करना है।

भँवरा : सो तो है। मैं भी कोई कँगला थोड़े ही हूँ। जमींदार परिवार से हूँ। पुरखों की दो हजार स्क्वायर गज की कोठी है। गाँव में 20 एकड़ का फार्महाउस है। गाड़ियाँ हैं। यह सब तो है ही। दोस्त महीम भी हैं।

गुप्ताजी : सब प्रॉपर्टी आपके नाम पर है या परिवार के दूसरे लोगों का भी हिस्सा है ?

भँवरा : किसी का हिस्सा नहीं है। हमारे घर में बँटवारा हो चुका है। यह सारी प्रॉपर्टी जो मैंने बतलाई पूरी तरह मेरे नाम पर है।

गुप्ताजी : बहुत बढ़िया। कोठी के करीब दो करोड़ और फार्महाउस का एक करोड़। तीन करोड़ हो गए। डेढ़ आपके एकाउंट में।

साढ़े चार हो गए। बच गए पचास लाख तो वह कर्ज के रूप में जुटाना होगा। प्रॉपर्टी के खरीदार आप जुटा सकते हैं तो जुटा लीजिए नहीं तो यह जिम्मेवारी भी हम पर छोड़ सकते हैं। हमारी कंपनी यह सेवा भी प्रदान करती है।

भँवरा : मैं कहाँ कस्टमर खोजने जाऊँगा। उन्हें आप ही बिकवाइए। मैं कल पेपर्स और बैंक एकाउंट से पैसे लेता आऊँगा। मेरी बुकिंग कर लीजिए। बाकी पैसे भी जल्द जुटा लूँगा।

गुप्ताजी : ठीक है। लेकिन पूरे डेढ़ मत जमा कीजिएगा। कर्ज वसूलने के लिए आपको दौड़-भाग करनी होगी। शानो-शौकत मेनटेन करना होगा। आपके पास पैसे होने चाहिए।

भँवरा : जी, सो तो है।

गुप्ताजी : आप एक चालीस जमा कर दीजिए और 10 अपने खर्च के लिए रख लीजिए।

भँवरा : जी यही करेंगे। कल बुकिंग के समय अपनी जानेमन को भी लेता आऊँगा। वह खुश हो जाएगी। उसको भरोसा हो जाएगा कि मैं डींगें नहीं हाँकता। जो कहता हूँ, उसे पूरा करके दिखाता हूँ।

गुप्ताजी : सुस्वागतम्···भाभीजी आएँगी तो लंच हमारे साथ लेना होगा। एक खूबसूरत जोड़ी के चाँद की तरफ पहले कदम का छोटा मोटा सेलिब्रेशन भी हो जाएगा।

भँवरा : तो तय रहा। कल बैंक से होते हुए एक-डेढ़ बजे तक आ जाऊँगा।

गुप्ताजी : एक बात और···आप धरती की सारी प्रॉपर्टी बेचकर चाँद पर बसने जा रहे हैं, यह बात किसी को बतलाइएगा नहीं। इससे कर्ज जुटाने में दिक्कत होगी। लोगों को पता

चलेगा कि आप धरती को अलविदा कहने वाले हैं, तो आपको कोई कर्ज नहीं देगा। सोचेगा कि चाँद पर कौन तगादा करने जाएगा!

भँवरा : मार्के की बात कही आपने। अभी सेक्रेसी मेनटेन करना होगा।

गुप्ताजी : भँवरा साहब यू नो···कर्ज लेना भी एक कला है। आपने देखा होगा कि किसी को लाखों का कर्ज तुरंत मिल जाता है और किसी को सौ रुपए का कर्ज देने वाले भी नहीं मिलते।

भँवरा : जी···।

गुप्ताजी : मिलते रहिएगा और जैसे-जैसे कर्ज मिलता जाए, हमारे पास जमा करते जाइएगा।

भँवरा : बिल्कुल ऐसा ही होगा।

गुप्ताजी : गुड लक एंड कांग्रेच्युलेशन।

(भँवरा स्टेज से बाहर निकल जाता है। रोशनी बुझती है फिर जलती है।)

पाँचवाँ दृश्य

[मंच पर गुप्ता और शर्मा आमने-सामने बैठे दिखाई देते हैं।]

गुप्ताजी : कैसी रही शर्माजी। मछली हमारे पास आई और हल्दी नमक लगवाकर चली गई। जब तक कड़ाही चढ़ेगी, तेल गरम होगा तले जाने के लिए लौट आएगी। आपको बधाई! हमारे मिशन मून के पहले बकरे का सिंदूर पूजन संपन्न हुआ। अब बलि पर चढ़ने के लिए खुद तैयार होकर आ रहा है। हमारी बोहनी हो जाएगी, तो धंधा शुरू हो जाएगा।

शर्मांजी : मैं आपसे इंप्रेस्ड हो गया हूँ गुप्ता साहब, मुझे नहीं पता था कि आप इतनी ऊँची चीज हैं। इतना टैलेंट पाया है। किस खूबी से जाल बिछाया कि शिकार हँसते-खेलते हमारे फंदे में आ फँसा।

गुप्ताजी : अभी श्रीवास्तव साहब और वंशी बाबा को रिपोर्ट देते हैं।

शर्मांजी : एक बात गुप्ताजी, ग्राहक की प्रॉपर्टी बेचने का आइडिया भी अच्छा है। इससे भी चार पैसों की कमाई हो जाएगी।

गुप्ताजी : नहीं भाई, हम न कोई ग्राहक खोजेंगे न बेचेंगे। अपने पास ही रख लेंगे। धरती पर जमीन पहले ही कम है। इस बहाने हमारे पास कुछ जमीन आएगी तो दूसरों को थोड़े ही देंगे। कंपनी के नाम पर खरीद लेंगे। उसका री-कंस्ट्रक्शन करके अपार्टमेंट बना देंगे और जिन कस्टमरों की बुकिंग ले रखी है, उन्हें दे देंगे। हम पर कोर्ट की लटकती तलवार हट जाएगी। हमारी साख जम जाएगी। हम चाँद की बुकिंग करते जाएँगे और धरती की लाइबिलिटी भी हटाते जाएँगे।

शर्मांजी : मान गए उस्ताद! मैं नहीं जानता था कि आप इतने जीनियस हैं।

गुप्ताजी : जान लिया न···लेकिन आपका योगदान भी कम नहीं है। उसे कंविंस करने में आपने भी मदद की। खैर, मैं अभी फोन पर श्रीवास्तव साहब को रिपोर्ट दे रहा हूँ। वे खुश हो जाएँगे। कल पुष्पलाल भँवरा का मुंडन करने के बाद उसे लंच खिलाकर भेज देंगे, इसके बाद अपनी बोर्ड मीटिंग करेंगे। अब फोन लगाता हूँ। *(मोबाइल पर नंबर डॉयल करता है।)*

शर्मांजी : स्पीकर ऑन कर लीजिए, हम साथ में बात कर लेंगे। *(दूसरी तरफ फोन कनेक्ट होता है।)*

श्रीवास्तव : कहिए गुप्ताजी, लगता है कोई तीर निशाने पर जा लगा।

गुप्ताजी : राइट यू आर···एक मालदार पागल प्रेमी हमारे जाल में फँस चुका है। कल एक करोड़ चालीस लाख नकद लेकर आएगा। बाकी एकाध महीने में पाँच करोड़ जमा कर देगा।

श्रीवास्तव : गुड जॉब···बधाई हो। आपका आइडिया काम कर गया।

शर्माजी : यह तो शुरुआत है। अभी पागल प्रेमियों की कतार लग जाएगी।

गुप्ताजी : कल वह अपनी प्रेमिका के साथ एक–डेढ़ बजे आएगा। तीन बजे तक उसे लंच–वंच खिलाकर निपटा देंगे। चार बजे से हम बोर्ड की मीटिंग रख सकते हैं।

श्रीवास्तव : ठीक है, मैं यह शुभ समाचार वंशी बाबा को देता हूँ। उनके साथ शाम चार बजे तक ऑफिस पहुँच जाऊँगा।

गुप्ताजी : ओके सर···।

(लाइट बुझती है। फिर जलती है। मंच पर गुप्ता और शर्मा के सामने भँवरा और उसकी प्रेमिका तितली बैठे हैं)

छठा दृश्य

[गुप्ता और शर्मा के सामने प्रेमी युगल बैठा है।]

भँवरा : *(तितली से)* अब बोलो तितली रानी। तितली रानी, बड़ी सयानी। अब तो विश्वास हो गया न कि मैं तुम्हारे लिए चाँद पर डुप्लेक्स बनवाने जा रहा हूँ ? इस जालिम दुनिया से दूर हम ऐसी दुनिया में रहेंगे, जहाँ सिर्फ प्यार ही प्यार होगा, इसके सिवा कुछ भी नहीं होगा।

तितली : बिल्कुल विश्वास हो गया डार्लिंग।

भँवरा : तुम बस अपना वादा याद रखना।

तितली : बिल्कुल याद रहेगा···अच्छा गुप्ता साहब, मैं जानना चाहूँगी कि इस काम में कितना समय लगेगा?

गुप्ताजी : बिल्कुल समय नहीं लगेगा। भँवरा साहब पैसों के इंतजाम में लगेंगे। प्लॉट का रजिस्ट्रेशन हो जाएगा। इसके साथ ही हम कंस्ट्रक्शन का काम शुरू कर देंगे। इधर पैसे पूरे हुए उधर हम आपको आपके डुप्लेक्स में शिफ्ट करा देंगे। आपकी शादी का पूरा इंतजाम हमारी तरफ से।

भँवरा : थैंक्स टू यू एंड योर कंपनी।

(चपरासी एक ट्रे में लंच पैकेट्स लेकर आता है।)

गुप्ताजी : चलिए साहब, लंच आ गया। इतना इंपॉर्टेंट डिस्कशन चल रहा है कि लंच भी करना है और लंच ब्रेक भी नहीं देना है। हम बात करते हुए लंच लेंगे। शुरुआत भाभीजी से होगी। (पैकेट बढ़ाता है)

तितली : थैंक्स।

गुप्ताजी : वेलकम···चाँद पर तो खाने-पकाने का चक्कर ही नहीं रहेगा। वहाँ कैलोरी टैबलेट्स मिलेंगे। जितनी कैलोरी की जरूरत होगी। उतने का डोज ले लेना होगा। हम भी विजिट पर जाते हैं तो यही करते हैं।

तितली : फिर तो टेस्टी खाने के लिए पृथ्वी पर आना होगा।

गुप्ताजी : ऐसी बात नहीं है। वहाँ भूख लगेगी ही नहीं। जो भी खाने का मन करेगा, उसका टैबलेट मिल जाएगा। आपको उसका स्वाद भी महसूस होगा। *(एक पुस्तिका बढ़ाते हुए)* आप दोनों इसे पढ़ लीजिए। इसमें चंद्र बस्ती के टाउनशिप का डिटेल्ड प्लान है। वहाँ रहवासियों के लिए क्या-क्या सुविधाएँ होंगी, कितने फर्लांग पर क्लब होगा, कौन-कौन से मॉल होंगे, कहाँ-कहाँ स्कूल होंगे, कहाँ

अस्पताल होंगे, ऑक्सीजन फिलिंग सेंटर कहाँ-कहाँ होंगे—सब कुछ लिखा है।

भँवरा : ऑक्सीजन फिलिंग सेंटर?

जी···आपको तो पता होगा कि वहाँ ऑक्सीजन नहीं है। साँस लेने के लिए ऑक्सीजन तो चाहिए। इसलिए हमारी कंपनी वहाँ ऑक्सीजन प्लांट बिठाएगी और अपने ग्राहकों को पर्सनल सिलेंडर प्रोवाइड करेगी। यही नहीं वहाँ हमेशा रोबो सूट पहने रहना होगा। उसके दो सेट हम प्रोवाइड करेंगे और सूट की दरकार होगी तो उसे खरीदना पड़ेगा। सिलेंडर आमतौर पर दो सप्ताह चलता है। हर पंद्रह दिन पर फिलअप कराते रहना होगा।

तितली : सिलेंडर तो हमेशा पीठ पर लटकाए रहना होगा न?

गुप्ताजी : हाँ, लेकिन भारी नहीं लगेगा। वहाँ गुरुत्वाकर्षण नहीं है, इसलिए आपको आपके शर्ट से भी हलका लगेगा। रोबो सूट में उसे लटकाने की व्यवस्था रहेगी।

तितली : आप चाँद पर कितनी बार जा चुके हैं?

गुप्ताजी : सप्ताह में एक-दो बार तो जाना ही पड़ता है। चाहे मैं जाऊँ, शर्मा साहब जाएँ, किसी न किसी डायरेक्टर को जाना ही पड़ता है। हमारे दो डायरेक्टर और हैं। काम पर डिपेंड करता है। हम बुकिंग का काम देखते हैं तो कभी-कभार जाते हैं। श्रीवास्तव साहब और वंशी बाबा को तो हर दूसरे-तीसरे दिन जाना पड़ता है।

तितली : काफी खर्च पड़ता होगा।

गुप्ताजी : वह तो करना ही पड़ता है। एक ग्रह से दूसरे ग्रह पर कामकाज ले जाना आसान नहीं होता न? अभी तो हम मंगल पर भी बस्ती बसाने पर विचार कर रहे हैं।

तितली : चाँद पर आपके कितने कर्मचारी काम करते हैं?

गुप्ताजी : अभी मात्र 50 लोगों की टीम है। दो इंजीनियर हैं। चार ओवरसियर और 46 राजमिस्त्री, मजदूर, ऑपरेटर वगैरह। काम बढ़ेगा तो स्टाफ बढ़ाएँगे।

तितली : बस जिज्ञासा वश पूछ रही हूँ। इतने लोगों के रहने-खाने की क्या व्यवस्था है?

गुप्ताजी : हमारा ऑफिस है। गेस्टहाउस है। गेस्टहाउस में पाँच सौ तक लोगों का एकोमेडेशन हो सकता है। डायरेक्टरों के लिए अलग-अलग बँगले हैं। खाने के लिए तो टैबलेट्स ही हैं।

तितली : वाह! बहुत जबरदस्त इंतजाम है। हम लोगों को घुमाने के लिए ले चलेंगे क्या?

गुप्ताजी : जरूर, जब आपकी मरजी हो। हमारा अपना सेटेलाइट है। इसरो में पार्क किया हुआ रहता है। वहीं ईंधन भराते हैं और वहीं से प्रक्षेपण होता है। कस्टमर्स को घुमाने के लिए वहाँ टोयोटा का लूनर क्रूजर ले रखे हैं। हम हर कस्टमर को दिखलाते हैं कि कहाँ किस देश की कॉलोनी बन रही है। धीरे-धीरे पूरी पृथ्वी ही शिफ्ट हो रही है न। अभी हमारे वैज्ञानिक वहाँ वायुमंडल का निर्माण करने के उपाय खोज रहे हैं।

तितली : अभी वहाँ कितने लोग परमानेंटली सेटल हो चुके हैं।

गुप्ताजी : अभी परमानेंटली रहने वाले कम हैं। मुश्किल से पचास लोग। बाकी आते हैं। कुछ दिन रहते हैं। फिर लौट जाते हैं। धीरे-धीरे लोग परमानेंटली रहने लगेंगे।

तितली : मुझे तो सुनकर ही रोमांच हो रहा है।

भँवरा : मुझे भी। डोंट वरी हम दो-तीन महीने में वहाँ के निवासी बन जाएँगे। ठीक है गुप्ता साहब, आपका काफी वक्त लिया। अब हम चलेंगे। लंच अच्छा था। मजा आ गया। थैंक यू।

गुप्ताजी : वेलकम।

भँवरा : तो फिर सौदा पक्का।

गुप्ताजी : नब्बे प्रतिशत। बस आप दस प्रतिशत के इंतजाम में लग जाइए। अभी आपका यही एकमात्र टारगेट होना चाहिए।

भँवरा : थैंक्स, अब हम चलते हैं। बहुत जल्द हम चाँद पर अपने डुप्लेक्स में हनीमून मना रहे होंगे।

सातवाँ दृश्य

[लाइट ऑफ होती है। फिर ऑन होती है। मंच पर चारों पार्टनर बैठे हुए हैं।]

श्रीवास्तव : कांग्रेच्युलेशन मिस्टर गुप्ता एंड मिस्टर शर्मा! आपने कमाल कर दिया। अब हम सचमुच यूनिवर्सल कंपनी बन गए। एक करोड़ चालीस लाख से हमारी बोहनी हो गई। क्या लगता है? यह मुरगा कितने दिनों में हलाल होगा।

गुप्ताजी : पूरी हवा भर दी है। आई थिंक···एक महीना तो लग जाना चाहिए।

श्रीवास्तव : अगले छह महीने में जितने मुरगे चाहो हलाल कर लो। हम चार लोग हैं। हमारे पास चार लाख करोड़ तो होना ही चाहिए।

गुप्ताजी : हम कोशिश करते हैं। शुरुआत तो हो ही चुकी है।

वंशीधर बाबा : हमारा चंद्र मिशन किसी कीमत पर पूरा होना चाहिए। बहुत सारे लोग धरती पर रहते-रहते बोर हो चुके हैं।

गुप्ताजी : होगा बाबा, जरूर पूरा होगा। आप अपने मोरचे पर डटे रहिए। हम होंगे कामयाब जल्द ही।

आठवाँ दृश्य

[लाइट ऑफ होकर ऑन होती है। गुप्ता और शर्मा के पास पुष्पलाल भँवरा मौजूद हैं।]

गुप्ताजी : आपने कमाल कर दिया भँवरा साहब, पंद्रह दिन में पचास लाख जुटा लिए? मान गया आपके जुनून को। दो करोड़ चालीस लाख हो गए।

भँवरा : मेरी प्रॉपर्टी का क्या हुआ?

गुप्ताजी : डोंट वरी। डायरेक्टर्स तैयार हैं। हमारी कंपनी ही खरीद लेगी। आप रजिस्ट्री कर दीजिए। पैसे आपके मद में जमा हो जाएँगे। आपकी बुकिंग फाइनल हो जाएगी। आपको प्लॉट रजिस्ट्री और दाखिल खारिज के पेपर मिल जाएँगे।

भँवरा : मैं तो नींद में भी उपग्रह और चाँद के सपने देख रहा हूँ। जितनी जल्दी हो वहाँ पहुँचना है।

गुप्ताजी : अब देर नहीं है। आपका डुप्लेक्स का ढाँचा तैयार हो चुका है। ढलाई का काम चल रहा है। दो चार दिन में आपको रजिस्ट्री का पेपर मिल जाएगा। जैसे ही कंस्ट्रक्शन वर्क पूरा होता है। हम आपको गृहप्रवेश की तारीख बता देंगे। अधूरा कंस्ट्रक्शन क्या देखेंगे। सज-धजकर तैयार हो जाएगा तो सीधे वहाँ पहुँचा देंगे। सारा इंतजाम हो जाएगा। आप बहुत जल्द चंद्रवासी हो जाएँगे।

भँवरा : थैंक यू गुप्ता साहब।

नौवाँ दृश्य

[मंच पर बोर्ड के चारों लोग बैठे हुए हैं।]

श्रीवास्तव : गुप्ताजी, आप यह बताइए कि इस कस्टमर को हम कितने दिनों तक झाँसापट्टी पढ़ा सकते हैं? कब तक टहला सकते हैं?

गुप्ताजी : एक-दो साल तो आराम से टहला लेंगे।

श्रीवास्तव : उसे रजिस्ट्री का पेपर दे दीजिए। आप उसे छह महीने तक टहलाते रहिए। इस बीच हम विज्ञापन को फिर रिपीट कर देंगे। पब्लिसिटी होती रहनी चाहिए। इसके लिए भँवरा लाल और तितली का इंटरव्यू लेकर यू-ट्यूब पर डाल देंगे। उनका चेहरा ब्लर्ग कर देंगे, ताकि कोई पहचान नहीं सके। सोशल मीडिया में वायरल कर देंगे। हमारी बुकिंग रफ्तार पकड़ लेगी। हमारे पास बहुत सी प्रॉपर्टीज और नकद धन आ जाएगा। हमारा लोक-परलोक सुधर जाएगा।

गुप्ताजी : जी, ऐसा ही करते हैं।

(तभी गुप्ताजी का मोबाइल बजने लगता है। स्क्रीन पर तितली का नाम आता है। श्रीवास्तव इशारा करते हैं कि बात कर लें।)

गुप्ताजी : हाँ जी तितली मैडम, कहिए?...जी-जी आ जाइए, आप ही का ऑफिस है। हमारी बोर्ड की मीटिंग चल रही है। सारे डायरेक्टर्स से मुलाकात हो जाएगी। भँवरा लाल साहब भी आ रहे हैं क्या?...नो प्रॉब्लम, आप आ जाइए।

गुप्ताजी : पता नहीं क्यों तितली आ रही है अकेले। कहती है कुछ जरूरी बात करनी है।

श्रीवास्तव : आने दीजिए, उसकी बात भी सुन लेंगे।
(चपरासी अंदर आकर एक कार्ड देता है। गुप्ताजी भेज देने का इशारा करते हैं। तितली आती है।)

गुप्ताजी : वेलकम तितली मैडम! ये हमारी कंपनी के चेयरमैन श्रीवास्तव और डायरेक्टर वंशीधर बाबा हैं। शर्माजी से मिल ही चुकी हैं (तितली उन्हें हाय कहती है और कुरसी पर बैठ जाती है।)

गुप्ताजी : बड़ी जल्दी आ गईं। हमें लगा था कि एकाध घंटा लगेगा।

तितली : आपके ऑफिस के पास आकर फोन किया था, इसीलिए टाइम ज्यादा नहीं लगा। मैं बिजनेस की बात करने आई हूँ। पुष्पराज को मैंने भेजा तो मेरा कुछ कमीशन तो बनता है न?

गुप्ताजी : आपका मतलब समझ गया, आप क्या उम्मीद करती हैं?

तितली : मैं आपको बतला दूँ कि यह हमारी पहली और अंतिम डील नहीं है। मेरे पास पुष्पराज भँवरा जैसे एक दर्जन ब्वाय फ्रेंड हैं। एक-एक करके सबको भेजूँगी। आप ही बताइए कितना पर्सेंट मेरा कमीशन होगा?

गुप्ताजी : मान गए। यू आर ब्रिलिएंट लेडी। कमीशन का मामला श्रीवास्तव साहब बताएँगे।

श्रीवास्तव : मिस तितली, हमें कंस्टमर तो चाहिए ही। उन्हें यहाँ तक लाने में आपका सहयोग रहेगा, तो निश्चित रूप से आप कमीशन की हकदार होंगी। रियल एस्टेट में बड़े डील में एक-दो परसेंट चलता है। लेकिन हम आपको पूरे दस पर्सेंट देंगे। खुश?

तितली : यस···आपकी मेहरबानी। आपके साथ काम करने में मजा आएगा। मैं कस्टमर्स की लाइन लगा दूँगी। अभी

तो आप हमारे पहले कस्टमर का कमीशन पचास लाख मेरे एकाउंट में दे दीजिए।

श्रीवास्तव : एकाउंट नहीं। हम नकद का काम करते हैं। चाँद पर बैंक नहीं है आपको पता है। बस आप टैक्सी बुक कर लीजिए, हम आपका कैश पैक करा देते हैं। पब्लिक ट्रांसपोर्ट से इतनी रकम ले जाना ठीक नहीं है। या फिर कहिए तो आपके एड्रेस पर डिलिवर कर दें।

तितली : यही ठीक रहेगा। मैं जाकर उसे रखने का इंतजाम करती हूँ। आईटी, जीएसटी, ईडी से बचाकर रखना होगा न? यह पहला कमीशन है। अभी तो ऐसे कितने ही पैकेट आने हैं।

श्रीवास्तव : ओके देन···गुड लक। दो घंटे में आपका माल आपके पास पहुँच जाएगा।

दसवाँ दृश्य

[लाइट ऑफ फिर ऑन होती है]

[पूरे बोर्ड के सामने पुष्पलाल भँवरा बैठा हुआ है। श्रीवास्तव उसे कुछ डाक्यूमेंट देते हैं।]

श्रीवास्तव : ठीक से देख लीजिए। इसमें सारे कागजात हैं। कहीं कोई क्वैरी हो तो पूछ लीजिए। यह सारे डाक्यूमेंट सँभालकर रखिएगा। तितली मैडम को चाहे तो दिखा सकते हैं। *(भँवरा उन्हें ध्यान से देखता है।)*

गुप्ताजी : इनकी सॉफ्ट कॉपी अपने गूगल ड्राइव में रख लीजिएगा। चाँद पर भी सर्च इंजन गूगल ही होगा। ड्राइव में आपके कागजात सुरक्षित रहेंगे।

भँवरा : डुप्लेक्स कब तक तैयार हो जाएगा?

श्रीवास्तव : तेजी से काम चल रहा है। चाहें तो चलकर देख सकते हैं।

भँवरा : नहीं, हम पूरा होने के बाद एक ही बार फाइनली जाएँगे। हमें पृथ्वी लोक से क्या कुछ ले जाना होगा बता दीजिएगा।

श्रीवास्तव : आप अपने कपड़े भी नहीं ले जा सकते जनाब।

भँवरा : तो क्या वहाँ नंगे जाना है?

गुप्ताजी : बिल्कुल नहीं। नासा के लॉन्चिंग स्टेशन पर आपको अपने कपड़े उतारकर रोबो सूट पहन लेना होगा। पीठ पर ऑक्सीजन सिलेंडर लटका लेना होगा। भले वायुमंडल के बाहर निकलने के बाद ऑक्सीजन लेना शुरू करें।

भँवरा : समझ गया। रोबो सूट की नाप तो लेनी होगी। मेरी और तितली की?

गुप्ताजी : *(हँसते हुए)* आप पहली बार स्पेस में जाएँगे, इसलिए कंफ्यूजन है। रोबो सूट फ्री साइज का होता है। पहनने के बाद बॉडी के आकार में फैलकर चिपक जाता है।

भँवरा : समझ गया।

गुप्ताजी : इसके अलावा भी जो-जो सवाल आपके मन में हैं पूछ लीजिए। स्पेस में जाने के पहले वहाँ के बारे में सब कुछ जान लेना चाहिए।

भँवरा : कोई बात नहीं। बहुत सारी बातों की जानकारी ऑन स्पॉट होती है। चलता हूँ। आपके फोन का इंतजार रहेगा।

गुप्ताजी : जरूर...विश यू गुड लक।

भँवरा : थैंक्स। *(स्टेज से निकल जाता है। बाकी लोग भी निकल जाते हैं।)*

ग्यारहवाँ दृश्य

[लाइट ऑफ-ऑन होती है। डॉयरेक्टर्स क साथ तितली बैठी है।]

तितली : अभी तक बारह कस्टमर ला चुकी हूँ। कहिए तो और ला सकती हूँ।

गुप्ताजी : थैंक्स मैडम! हमें तो प्लॉट बेचने ही हैं। चंद्र कॉलोनी बसानी ही है। आप जितने कस्टमर लाएँगी आपका फायदा होगा और हमारा भी।

श्रीवास्तव : मेरे मन में एक सवाल है। बुरा न मानें तो पूछ सकता हूँ?

तितली : शौक से पूछिए। अब तो हमारे बीच कारोबारी रिश्ता बन चुका है।

श्रीवास्तव : आप एक दर्जन प्रेमियों से चाँद पर प्लॉट खरीदवा रही हैं, यह आपके हुस्न का जादू है। आप उन सबके घर चाँद पर बनवाएँगी। सब आपके साथ वहाँ शादी करके घर बसाना चाहते हैं। आप गृहस्थी किसके साथ बसाएँगी?

मोना : उनमें से तो किसी के साथ नहीं। ये सब मेरे लिए टाइम पास के साधन रहे हैं। मैंने इस प्रोजेक्ट में उनमें से किसी के लिए दिलचस्पी नहीं ली है। उनका दिल टूटे या सर फूटे मुझे कोई फर्क नहीं पड़ता है। मुझे कमीशन चाहिए था, जो आप लोग ईमानदारी से दे रहे हैं। मैं कमीशन के धन से अपने असली प्रेमी के साथ धरती पर ही डुप्लेक्स बनवाऊँगी। मुझे चाँद पर लोगों को बसाना है। खुद नहीं बसना।

बोर्ड ऑफ डायरेक्टर के सभी सदस्य आश्चर्य की मुद्रा में फ्रिज हो जाते हैं।

□

उड़नतश्तरी

पहला दृश्य

[स्टेज पर धीमी रोशनी में सूत्रधार प्रकट होता है।]

सूत्रधार : दोस्तो! भारत के लोगों की बुद्धि जब दौड़ती है, तो सांसारिक मायामोह के बंधनों को पार कर एक अलग संसार की रचना करने लगती है। अध्यात्म और विज्ञान को एक-दूसरे के साथ इस कदर फेंट देती है कि उन्हें पहचानना मुश्किल हो जाता है। अब देखिए, हमारे शहर के तीन छँटे हुए लोग कैसा मायावी जाल बुनने की तैयारी कर रहे हैं!

दूसरा दृश्य

[एक मिनट के लिए बिजली कट और दृश्य परिवर्तन]

हीरा और माणिक कुरसियों पर बैठे हैं। पन्नालाल दोनों हाथ पीठ की तरफ बाँधे हुए चिंतन की मुद्रा में टहल रहे हैं। अचानक वे कहते हैं—

पन्नालाल : उड़नतश्तरी और एलियन की चर्चा खूब होती है। किसी अज्ञात ग्रह से लगातार सिग्नल आ रहे हैं, लेकिन उन्हें

डी-कोड नहीं किया जा पा रहा है। वे कौन हैं…कहाँ रहते हैं…उनकी सभ्यता कितनी विकसित है…कोई नहीं जानता। सोचो…ऐसे में अगर कोई उड़नतश्तरी हमारे पास आकर रुके, उसमें से एक एलियन निकले, हमसे दोस्ती कर ले और अपने ग्रह के सारे भेद हम पर खोल दे तो क्या होगा?

हीरा : मजा आ जाएगा। हम रातोरात स्टार बन जाएँगे। पूरी दुनिया में मशहूर हो जाएँगे। पूरे विश्व के वैज्ञानिक हमारा साक्षात्कार करने आएँगे या फ्लाइट का टिकट भेजकर हमें बुलाएँगे। आम लोग हमारे दरशनों को लालायित हो उठेंगे।

माणिक : सब कुछ होगा, लेकिन इसका हासिल क्या होगा…यह मोनेटाइजेशन का जमाना है। दिमाग में आइडिया आए। क्लिक करें और नोटों की बारिश न हो तो वह उसका क्या लाभ?

हीरा : आप तो बात ऐसे कर रहे हो जैसे सचमुच हमें एलियन मिल गया हो और हम उनके बारे में जानकारी रखने वाले दुनिया के प्रथम मानव बन गए हों।

पन्ना : अगर हम इसका दावा कर दें तो इसे कौन झुठला सकेगा? एडोल्फ हिटलर ने कहा था कि झूठ को इतनी बार दोहराओ कि वह सच लगने लगे। हम इसका प्रयोग करके देखते हैं।

माणिक : सोच लो। हमारे दावे की जाँच तमाम वैज्ञानिक करेंगे। हमें लाई डिटेक्टर मशीन पर बिठाया जा सकता है। हमारे झूठ का कभी भी भंडाफोड़ किया जा सकता है। हम पागल करार दिए जा सकते हैं। कोई भी काम बहुत सोच-समझकर करना चाहिए।

पन्ना : यह जो पोलिग्राफिक मशीन है, यह उन्हीं लोगों के झूठ को पकड़ती है, जिन्होंने अपनी वाक्शक्ति को सिद्ध नहीं किया होता है। जो कभी-कभार झूठ बोलते हैं। जिन्हें झूठ बोलने का अभ्यास नहीं होता। झूठ बोलते समय जिनकी जुबान लड़खड़ाती है। धड़कनें तेज हो जाती हैं। ब्लड सर्कुलेशन तेज हो जाता है। वही मशीन की पकड़ में आते हैं। वह लोग जो पूरे आत्मविश्वास के साथ झूठ बोलते हैं और उस पर अडिग रहते हैं, जो कभी सच के पाले नहीं जाते कोई लाई डिटेक्टर मशीन उनके झूठ को डिटेक्ट नहीं कर सकती। बहुत लोग मशीन को चकमा दे चुके हैं। हम भी दे सकते हैं।

हीरा : किसी भी स्कीम को लॉञ्च करने के पहले होमवर्क जरूरी होता है। हम एक मशीन का इंतजाम करके पहले झूठ को पचाने की प्रैक्टिस कर लेते हैं। जब हम झूठ को सच बनाने की कला में सिद्ध हो जाएँगे, तो इस प्रोजेक्ट को धूमधाम से लॉञ्च करेंगे। हममें से कोई एक इसे सिद्ध करेगा। बाकी दो लोग इसका मैनेजमेंट सँभालेंगे।

पन्ना : इसके लिए मैं हाजिर हूँ। मैं झूठ को सच सिद्ध करूँगा। इसे मिथ्या वचन सिद्धि योग कहते हैं। आज ही से इसकी साधना शुरू कर देता हूँ। तुम लोग मशीन का इंतजाम करो।

तीसरा दृश्य

सूत्रधार : भाइयो और बहनो! जब इनसान खुराफात पर उतरता है तो कुछ भी कर गुजरने से परहेज नहीं करता। पन्नालाल ने पूरे एक महीने तक मिथ्या वचन सिद्धि योग की सफलतापूर्वक साधना की। लाई डिटेक्टर मशीन पर

उनकी सफलता की जाँच करके देख लिया गया। उन्होंने इतनी दृढ़ता के साथ झूठे दावे किए कि मशीन ने क्लीन चिट दे दिया। असल में पन्नालाल के पास यह कला ईश्वर-प्रदत्त थी, लेकिन मात्र एक महीने की साधना के जरिए उन्होंने इसमें महारत हासिल कर ली। अब देखिए आगे क्या होता है!

चौथा दृश्य

[तीनों लोग चिंतन की मुद्रा में बैठे हैं।]

माणिक : हमारा होमवर्क पूरा हो गया। अब हम मिशन एलियन को लॉन्च करने की स्थिति में पहुँच चुके हैं। इसकी रूपरेखा तैयार करने का समय आ चुका है।

हीरा : हम दिल्ली में चलकर एक प्रेस कॉन्फ्रेंस कर एलियन के संपर्क में होने का दावा करेंगे। यह भी दावा करेंगे कि एलियन ने भूत, भविष्य, वर्तमान को देखने की शक्ति प्रदान की है।

माणिक : इससे क्या होगा?

हीरा : एलियन का मामला वैज्ञानिकों के कान खड़े करेगा, वे अपने तरीके से इसकी पुष्टि करेंगे। लेकिन ज्योतिष ज्ञान का दावा आम लोगों के अंदर भाग्यवाद को प्रेरित करेगा। वे अपना भविष्य जानने के लिए हमसे मिलने को व्याकुल हो उठेंगे और हम इत्मिनान से उनकी जेब ढीली कर सकेंगे।

पन्ना : लेकिन हम किसी का भूत-भविष्य-वर्तमान बताएँगे कैसे…हम कोई ज्योतिष विज्ञान के ज्ञाता तो हैं नहीं?

हीरा : यह कौन सी बड़ी बात है! कितने ज्योतिषी है, जो इस

विद्या के जानकार हैं? यह ऐसा क्षेत्र है जहाँ झूठ धड़ल्ले से चलता है और उसकी जाँच के लिए कोई मशीन नहीं होती। लोग पूरी श्रद्धा के साथ अपनी जेब कटवाने को तैयार रहते हैं। बहुत सी बातें हैं, जो हर किसी पर लागू होती हैं, जैसे—आप मेहनत करते हैं, लेकिन उसका पूरा फल आपको नहीं मिलता। बस एक साल बाद वह समय आने वाला है, जब आप मिट्टी को छुएँगे और वह सोना बन जाएगी। आप सभी लोगों का भला करते हैं, लेकिन इसका श्रेय आपको नहीं मिलता। इसी तरह की बातें करके लोगों की कमजोर नस को पकड़ सकते हैं! मोनेटाइजेशन का यही एक तरीका है।

पन्ना : तो फिर देर किस बात की। दिल्ली चलने की तैयारी करो।

पाँचवाँ दृश्य

[हॉल पत्रकारों से खचाखच भरा हुआ है। पन्नालाल प्रेस को संबोधित कर रहे हैं। हीरा और माणिक उनके बगल में बैठे हैं। मीडिया की ओर से सवाल पूछे जाने शुरू हो चुके हैं।]

सवाल : जब आपने उड़नतश्तरी को रुकते और उसमें से एलियन को निकलते देखा तो आपने क्या महसूस किया?

पन्ना : ऐसा लगा जैसे कोई सपना देख रहा हूँ।

सवाल : देखने में वह कैसा था?

पन्ना : उसके शरीर पर अंतरिक्ष यात्रियों जैसा वस्त्र और सिर पर हेलमेट जैसा यंत्र था। उसका चेहरा उसके अंदर ढका हुआ था।

सवाल : उसने आपसे क्या कहा?

पन्ना : उसने कहा कि वह धरतीवासियों के साथ ज्ञान-विज्ञान बाँटना और व्यापारिक संबंध कायम करना चाहता है।

सवाल : बाई द वे, वह किस भाषा में बात कर रहा था।

पन्ना : हिंदी बोल रहा था। मैंने उससे यह सवाल पूछा कि वह हमारी भाषा कैसे जानता है? उसने बताया कि उसके पास एक यंत्र है, जो सृष्टि की किसी भी भाषा का तुरंत अनुवाद कर देता है। वह अपनी भाषा में बोल रहा था, लेकिन मुझ तक वह हिंदी बनकर पहुँचती थी। मैं हिंदी बोल रहा था, लेकिन उसकी मशीन उस तक मेरी बात उसकी भाषा में पहुँचा रही थी। हमारे बीच आराम से संवाद हो रहा था। हम एक-दूसरे की भाषा आसानी से समझ रहे थे।

सवाल : एलियन कई वर्षों से ध्वनि तरंगों के जरिए स्पेस एजेंसियों को संदेश दे रहे हैं, लेकिन उनकी बात समझ में नहीं आ रही है। जब उनके पास ऐसी भाषा मशीन है, तो सीधे किसी स्पेस एजेंसी के वैज्ञानिक से उसकी भाषा में संपर्क कर सकते थे। धरतीवासियों को संदेश के लिए आपको ही क्यों चुना?

पन्ना : मैंने यह सवाल किया था। उसने बताया कि यह मशीन कुछ मीटर के दायरे में काम करती है। अपने ग्रह से संवाद भेजने में इसका उपयोग नहीं कर सकता था। दूसरी बात कि वह अब वैज्ञानिकों से संवाद नहीं करना चाहता था। वे इसे अपने शोध तक सीमित रखते। आम लोगों को पूरी जानकारी नहीं देते। किसी आम आदमी के जरिए संदेश प्रसारित होता तो वह वैज्ञानिकों तक तो पहुँचता ही आम धरतीवासियों तक पहुँच जाता।

सवाल : लेकिन आप ही क्यों''कोई और क्यों नहीं? आपके इन दो दोस्तों में से कोई क्यों नहीं?

पन्ना : वे कोई सीधा, सच्चा और सरल आदमी ढूँढ रहे थे। लंबे समय तक जाँच-पड़ताल के बाद उन्होंने मुझे इसके लिए सही आदमी समझा। इसके बाद संपर्क किया। उन्होंने मुझे समय को देखने की शक्ति प्रदान की। मैं भूत, भविष्य वर्तमान को देख सकता हूँ।

तभी कुछ सूटेट-बूटेड लोग हॉल के अंदर आए और मंच पर पहुँचे। उनमें से एक ने माइक हाथ में लेकर कहा—मैं विज्ञान और प्रौद्योगिकी मंत्रालय का सचिव बोल रहा हूँ। मेरे साथ इसरो के वैज्ञानिक हैं। इस प्रेस कॉन्फ्रेंस का लाइव प्रसारण होने के बाद दुनिया भर की स्पेस एजेंसियों के फोन आ रहे हैं। हम लोगों को तत्काल यहाँ आना पड़ा। हम एलियन के दावे की जाँच करेंगे। दावा सही निकला तो पूरी दुनिया में भारत का डंका बजने लगेगा। उन्होंने तीनों लोगों को साथ चलने का इशारा किया। इसके साथ ही प्रेस कॉन्फ्रेंस समाप्त हो गई।

छठा दृश्य

सूत्रधार : टीवी मीडिया, डिजिटल मीडिया और सोशल मीडिया पर कुछ ही देर में यह खबर वायरल हो गई। अगले दिन प्रिंट मीडिया की भी सुर्खियों में छाई रही। देखते-देखते पन्नालाल वैश्विक चर्चा का विषय बन चुके थे। मिथ्या वचन सिद्धि कर चुकने का लाभ यह हुआ कि वे वैज्ञानिकों की सभी परीक्षाओं में खरे उतरे। स्पेस एजेंसी के वैज्ञानिकों की रिपोर्ट आने के बाद वे अंतरराष्ट्रीय स्तर के सेलिब्रेटी बन गए। अब आगे क्या होता है देखिए।

सातवाँ दृश्य

पन्नालाल : अब समय आ गया है कि हम आम लोगों की जिज्ञासाओं को शांत करें। अपने प्रोजेक्ट के मोनेटाइजेशन की दिशा में तेजी से आगे बढ़ें।

हीरालाल : एक बात का ध्यान रखना है। हमें अपने मन की बात कभी भी कमरे में नहीं करनी है। क्या पता कोई माइक्रोफोन लगा हो। मोबाइल पर भी सँभलकर बात करनी है, उसमें चिप लगा हो सकता है। हम जब भी बात करें, खुले में निकलकर करें।

माणिक : सही सुझाव है। जरा सी चूक होने पर हमारा भेद खुल सकता है। इसके बाद लेने के देने पड़ सकते हैं।

पन्नालाल : तो फिर हमारा अगला कदम क्या होना चाहिए?

हीरालाल : हम सोशल मीडिया पर अपने नंबर के साथ यह सूचना जारी कर देते हैं कि एलियन के संपर्की पन्नालाल से जो कोई भी मिलना चाहे, अपॉइंटमेंट लेकर मिल सकता है। प्रतिदिन 20 लोगों को मिलने का मौका मिलेगा। अपॉइंटमेंट फिक्स करने का जिम्मा माणिकलाल सँभालेंगे और आय-व्यय का हिसाब मैं स्वयं देखूँगा।

माणिक : यह सही रहेगा। लोग अपने भाग्य का लेखा जानने के लिए अपॉइंटमेंट लेकर मिलेंगे और अपनी जेब की ऊर्जा से हमारी जेब को ऊर्जावान करेंगे।

आठवाँ दृश्य

सूत्रधार : अब मिशन एलियन अपने असली मकसद तक पहुँच चुका था। स्पेस एजेंसियाँ पन्नालाल के दावों की जाँच

और पुष्टि में लगी थीं, लेकिन आम जनता रोमांचित थी। अब यह टीम देश के विभिन्न शहरों में घूम-घूमकर होटलों में कमरे बुक कर भाग्यवादियों के भाग्य बाँच रही थी। होमवर्क कर चुकने के कारण पन्नालाल सबको संतुष्ट कर ले रहे थे। प्रोजेक्ट का मोनेटाइजेशन हो चुका था। उन्होंने साइड में ग्रह पीड़ा शांति के रत्नों का धंधा भी शुरू कर दिया था। प्रतिदिन बीस लोगों का अपॉइंटमेंट होता था और उन्हें ग्रह पीड़ा निवारण के रत्न थमा दिए जाते थे। उस समय पन्नालाल एक ग्राहक को समझा रहे थे। लेकिन यह भी सच है कि सच्चाई बनावट के उसूलों से नहीं छुप सकती।

नौवाँ दृश्य

[पन्नालाल के सामने एक युवक बैठा हुआ है। हीरालाल और माणिक लाल पास ही मौजूद हैं।]

पन्नालाल : आपका भाग्य प्रबल है, लेकिन सूर्य सही घर में नहीं है। इस कारण आपको जिस ऊँचाई पर होना चाहिए था, उस ऊँचाई तक नहीं पहुँच पा रहे हैं।

युवक : तो फिर क्या उपाय किया जाए, कि उस ऊँचाई तक पहुँच सकूँ?

पन्नालाल : आप पाँच कैरेट का माणिक सोने की अँगूठी में धारण करें। आपका भाग्योदय हो जाएगा।

युवक : असली माणिक कहाँ मिलेगा?

पन्नालाल : जयपुर से ले सकते हैं। चाहे तो हीरालालजी से भी ले सकते हैं।

युवक : कितने का पड़ेगा?

हीरालाल : देखिए, असली माणिक तो डेढ़ लाख रुपए कैरेट मिलता है, लेकिन हम आपको बीस हजार रुपए कैरेट के हिसाब से दे सकते हैं। सवा लाख में काम हो जाएगा।

युवक : दिखलाइए तो सही!

(हीरालाल एक कागज की पुड़िया खोलकर माणिक दिखलाते हैं)

युवक : यह तो हजार रुपए कैरेट का माणिक है।

हीरालाल : आप यह कैसे कह सकते हैं?

युवक : इसलिए कि यह जयपुर में मेरी ही दुकान से खरीदा हुआ है। मैं रत्नों का व्यापारी हूँ।

हीरालाल : तो आप हमसे मिलने इस शहर में क्यों आए? जयपुर में मिल सकते थे।

युवक : असल में स्पेशल ब्रांच के लोगों ने मुझे आपकी निगरानी का जिम्मा दिया था। मैं कई दिनों से आपके पीछे लगा हुआ हूँ।

(युवक मोबाइल पर एक नंबर डॉयल करता है। तभी पुलिस की एक टीम कमरे में आती है और तीनों को हिरासत में ले लेती है।)

पुलिस अधिकारी कहता है : आपने एलियन से मिलने की थ्योरी तो प्रमाणित कर दी, लेकिन इसके बाद अंतरिक्ष वैज्ञानिकों का सहयोग करने की जगह ज्योतिष का धंधा करने लगे। इसीलिए संदेह के घेरे में आ गए। अब चलिए जेल में उड़नतश्तरी का इंतजार करिए।

□

कॉर्पोरेट कल्चर

सूत्रधार : यह कॉर्पोरेट कल्चर का जमाना है, कॉर्पोरेट कल्चर मतलब मक्कारी और दिखावटीपन का कल्चर। हाथी के दाँत जैसे खाने के और···दिखाने के और। आज हर कंपनी अपने आपको ज्यादा से ज्यादा मॉडर्न, ज्यादा से ज्यादा हाइटेक दिखाना चाहती है। ऐसे में किसी एक सुदूर प्रांत का भोला-भाला इनसान किस तरह कसमसाता है, कैसे अपने आप को इस कल्चर में ढालता है। आज के नाटक में हम आपको यही दिखलाना चाहते हैं। बस देखिए और आनंद लीजिए।

पहला दृश्य

[कंपनी के चेयरमैन के सामने, एमडी, पाँच डायरेक्टर्स और कंपनी के सीईओ बैठे हुए हैं। सबके सामने मिनिरल वाटर की बोतल रखी हुई है।]

चेयरमैन : कांग्रेच्युलेशन टू यू ऑल। यू नो वेरी वेल कि हम अब प्राइवेट लिमिटेड से लिमिटेड कंपनी बन चुके हैं। स्टॉक एक्सचेंज में हमारा इनलिस्टमेंट हो चुका है। हमारी कंपनी के उनचास प्रतिशत शेयर्स जारी हो चुके हैं। आज की मीटिंग खासतौर पर इसलिए बुलाई गई है कि

अब हम पुराने ढर्रे पर नहीं चल सकते। हमें पूरी तरह कॉर्पोरेट कल्चर में ढलना होगा ताकि कोई विजिट करे तो पता चले कि वह किसी बड़ी कंपनी में आया है। मामूली कंपनी में नहीं आया है।

सीएमडी : आपके विचार में हमें क्या-क्या बदलाव करने चाहिए?

चेयरमैन : मैं जो कुछ कहने जा रहा हूँ, उसे ध्यान से सुनिए। अभी उसकी प्रिंट कॉपी आप लोगों के सामने रखी जाएगी। उसे पढ़ लीजिए। उसमें कुछ बदलाव चाहते हैं तो सजेस्ट कर सकते हैं। जो फाइनल होगा वह सभी को मेल कर दिया जाएगा और हार्ड कॉपी भी उपलब्ध करा दी जाएगी।

(एक चपरासी सबके सामने एक-एक फाइल रखता जाता है। वे उसमें से कागज निकालकर ध्यान से पढ़ने लगते हैं।)

चेयरमैन : पढ़ लीजिए। कुछ सुझाव है तो नोट कर लीजिए। टी-ब्रेक के बाद हम इस पर डिस्कस करेंगे।

(चपरासी चाय और स्नैक्स सर्व करता है।)

चेयरमैन : आप लोगों ने पढ़ लिया होगा। एक-एक पॉइंट को क्लियर करते चलते हैं। पहला पॉइंट है, सिक्यूरिटी का। ऑफिस के गेट पर आसमानी रंग की वर्दी में हमारे आर्म्ड गार्ड्स तैनात रहेंगे। वे हर विजिटर का पूरा ब्योरा लेने के बाद संबंधित अधिकारी से इंटरकॉम पर संपर्क कर अनुमति माँगेंगे। इसके बाद मैग्नेटिक लॉक खोलकर उसे अंदर भेजेंगे। इस तरह गेट के अंदर गार्ड्स रहेंगे, जो अपने कार्ड से स्वीप करके उसे बाहर निकालेंगे।

सीएमडी : विजिटर्स पर इसका अच्छा साइकोलॉजिकल प्रभाव पड़ेगा, लेकिन हमारे एक्जीक्यूटिव और कर्मचारियों को आने-जाने में दिक्कत हो सकती है।

चेयरमैन : नहीं होगी। सबके गले में मैग्नेटिक आई कार्ड का पट्टा होगा। वे सीधे अपना कार्ड स्वीप करके आना-जाना कर सकेंगे। इसी से उनका डिजिटल अटेंडेंस भी बनेगा। हमारे पास रिकॉर्ड रहेगा कि कौन कर्मचारी कितनी बार आया-गया। हम उससे पूछ सकते हैं कि उसने इतनी बार क्यों इन और आउट किया। पॉइंट क्लियर···एनी डाउट···एनी सजेशन?

(कई लोग एक साथ) नो सर, इट्स ऑल राइट।

चेयरमैन : देन दिस पॉइंट पास्ड।

सीएमडी : यस सर।

चेयरमैन : नेक्स्ट पॉइंट हमारी कंपनी में रैंक के हिसाब से ड्रेस कोड होगा। सुरक्षा गार्ड आसमानी वर्दी पहनेंगे। फोर्थ ग्रेड के एंप्लाई हरे रंग की वर्दी पहनेंगे। कंपनी के ड्राइवर सफेद वर्दी में होंगे और सिर पर गोल्फ कैप लगाएँगे। क्लर्कियल ग्रेड के कर्मचारी बादामी शर्ट और स्लेटी रंग की पैंट पहनेंगे। सेकेंड ग्रेड के कर्मचारियों का भी यही ड्रेस कोड होगा, लेकिन वे गले में टाई लगाएँगे। हमारे एक्जीक्यूटिव सफेद सूट पहनेंगे।

एक डायरेक्टर : मौसम का ध्यान रखना होगा सर, हमारे एक्जीक्यूटिव्स को गरमी के मौसम में सूट पहनने से दिक्कत हो सकती है। वहीं कर्मचारियों को सर्दी और बरसात के मौसम में परेशानी होगी।

चेयरमैन : कोई परेशानी नहीं होगी। हमारा कोई एक्जीक्यूटिव सवारी गाड़ी में नहीं आएगा। सबके पास एसी कार होगी। जिसके पास नहीं है, तुरंत लोन के लिए अप्लाई करेगा। कार में एसी होगा। घर पर एसी होगा। दफ्तर में एसी होगा। उन्हें किसी मौसम में कोई परेशानी नहीं

होगी। कर्मचारियों को उनके रैंक के मुताबिक ठंड के मौसम में कंपनी की तरफ से ब्लेजर और जैकेट दिए जाएँगे। बरसात में रेनकोट दिए जाएँगे। आम लोग दूर से पहचान जाएँगे कि हमारी कंपनी का कर्मचारी है।

डॉयरेक्टर : ओके सर, देन दिस पॉइंट ओके।

चेयरमैन : हमारे सभी कर्मचारियों को सीयूजी नंबर दिए जाएँगे, ताकि उनके बीच बातचीत में कोई दिक्कत नहीं हो।

सीएमडी : आई एप्रीशिएट सर।

सभी *(ध्वनिमत से टेबल थपथपाकर)*—वी आलसो।

चेयरमैन : सभी कर्मचारियों और अधिकारियों का एक ही बैंक में सैलरी एकाउंट होगा। सीईओ से रिक्वेस्ट करूँगा कि किसी प्राइवेट बैंक से बात करके इसका इंतजाम कराइएँ। सभी के खाते में महीने की पहली तारीख को वेतन ट्रांसफर करने का इंतजाम करना होगा।

सीईओ : कल से इस पर काम शुरू हो जाएगा। अगले महीने की सैलरी सीधे एकाउंट में जाएगी।

चेयरमैन : अगला पॉइंट'''चारों तरफ सीसीटीवी कैमरे लगाए जाएँगे। दो-तीन स्टॉफ की जिम्मेवारी होगी, रोज फुटेज चेक करना और कहीं भी गड़बड़ी नजर आए तो कंपनी को रिपोर्ट करना।

सीईओ : बहुत बढ़िया सर, इससे हमें पता चलता रहेगा कि कौन काम कर रहा है, कौन फाँकी मार रहा है। आने-जाने वालों का भी रेकॉर्ड रहेगा। हमारे स्टॉफ साथ काम कर रहे हैं तो गप्प भी मारेंगे, लेकिन एक लिमिट के अंदर तक छूट होगी।

चेयरमैन : हर महीने एक पार्टी होगी, जिससे आपस का कोआर्डिनेशन अच्छा रहेगा। इसके अलावा कंपनी की

बेहतरी के लिए किसी के माइंड में कभी भी कोई अच्छा सुझाव आए, तो बेहिचक शेयर करेंगे। बोर्ड की रिव्यू मीटिंग हर महीने की अंतिम तारीख को हुआ करेगी। एक्जीक्यूटिव्स को मेल पर डेली रिपोर्ट करनी होगी। देन ऑलमोस्ट पॉइंट्स क्लियर। इट मस्ट बी इंप्लीमेंटेड वेरी फास्ट।

सभी एक स्वर से: ओके सर, थैंक यू सर।

दूसरा दृश्य

[तीन-चार कर्मचारी आपस में बातें कर रहे हैं।]

पहला : यार मैनेजनेंट ने इतना लंबा-चौड़ा फरमान जारी कर दिया। कंपनी लिमिटेड हुई है, तो सबसे पहले तो हम लोगों की सैलरी में स्पेशल इंक्रीमेंट देना चाहिए था।

सोनू : बात सही है। इंक्रीमेंट मिलना ही चाहिए। यूनियन को इसके लिए पहल करनी चाहिए। मुझे कंपनी के फरमान से कोई प्रॉब्लम नहीं है। लेकिन ड्रेस कोड से प्रॉब्लम है। देहात का रहने वाला हूँ। बचपन में चड्ढी पहनता था। आज भी लुंगी-बनियान में पूरा इलाका घूम आता हूँ। शहर में नौकरी कर रहा हूँ, तो शर्ट-पैंट पहनना तो ठीक है। जैसा देस वैसा भेस। लेकिन यह टाई··· ? मेरे गाँव में, मेरे खानदान में अभी तक किसी ने टाई नहीं लगाई। अब कंपनी का फरमान है तो टाई लगानी होगी। मुझे तो टाई बांधनी भी नहीं आती। पहनने के बाद खुद अटपटा लगेगा।

कुणाल : यार सोनू···टाई बांधना कोई प्रॉब्लम नहीं है। गाँव जाना तो जो जी चाहे पहनना, यह महानगर है। यहाँ ढंग से रहना होगा। तुम्हें गर्व होना चाहिए कि एक कॉर्पोरेट

सोनू : क्या मतलब? मैंने कोई खरीदारी नहीं की। उसका इस्तेमाल ही नहीं किया तो फीस किस बात की? आपने कहा था कि तीन महीने तक कोई फीस नहीं लगेगी।

कॉलर : अब तो आठ महीने हो गए हैं। तीन महीने फ्री था। लाइफ लॉन्ग फ्री नहीं था न? तीन महीने बाद हर महीने फीस देना था। नहीं दिया तो ब्याज जुड़ेगा न? इससे पहले कि यह और बढ़े, जल्द से जल्द चुका दीजिए।

(सोनू परेशान हो जाता है)

पाँचवाँ दृश्य

[सोनू चिंतित मुद्रा में बैठा है। कुणाल पूछता है।]

कुणाल : क्या बात है सोनू, परेशान दिख रहे हो?

सोनू : यार, बैंक से बार-बार फोन आ रहा है कि क्रेडिट कार्ड का तीन हजार बकाया हो गया तो पाँच हजार बकाया हो गया है। दिन भर में कई-कई बार फोन आ रहा है। मैंने कार्ड का इस्तेमाल ही नहीं किया तो किस बात की फीस दूँ?

कुणाल : फीस तो लगती है। तुम्हें क्रेडिट कार्ड लेना ही नहीं चाहिए था। ले लिया तो उसका इस्तेमाल करना चाहिए था। समय पर फीस चुकाना चाहिए था। बाद में इंटरेस्ट बढ़ता चला जाता है।

सोनू : अब क्या होगा? कोई उपाय बताओ।

कुणाल : एक वकील मित्र है। उसको फोन करके पूछता हूँ।

(फोन पर नंबर डायल करता हुआ बाहर निकलता है, फिर लौटकर आता है।)

कुणाल : वकील ने एक उपाय बताया है। इस बार फोन आए तो कहना कि तुमने इस्तेमाल नहीं किया, इसलिए कोई

फीस नहीं दोगे। अब तगादा किया तो कंज्यूमर कोर्ट में शिकायत करोगे। कोर्ट आदेश देगा तभी फीस दोगे।

सोनू : अगर कोर्ट ने फीस भरने का आदेश दे दिया तो?

कुणाल : बिल्कुल नहीं देगा, कंज्यूमर कोर्ट दुनिया का एकमात्र कोर्ट है, जहाँ हमेशा कंज्यूमर के हक में फैसला आता है। हर कंपनी को पता होता है कि कंज्यूमर कोर्ट में मामला गया, तो लेने के देने पड़ जाएँगे। फीस तो जाएगी ही उलटे हर्जाना देना पड़ जाएगा।

सोनू : फिर तो ठीक है, यही करता हूँ। लेकिन बॉस लोगों को पता चला तो नाराज हो सकते हैं?

कुणाल : उनको इतनी फुर्सत कहाँ कि इस तरह के मामलों में दखल दें। उनका इससे कुछ लेना-देना नहीं है। उन्होंने सैलरी एकाउंट खुलवा दिया। एकाउंट विभाग हर महीने तय तारीख को सैलरी ट्रांसफर कर रहा है कि नहीं उनको सिर्फ इसी से मतलब है। क्रेडिट कार्ड का बकाया खातेदार और क्रेडिट कार्ड एजेंसी के बीच का मामला है।

सोनू : लेकिन सुना है कि बैंकवाले तगादे के लिए बाउंसर रखते हैं?

कुणाल : वे लोन की किस्त वसूली के लिए रखे जाते हैं। क्रेडिट कार्डवालों का बैंक से सीधा संबंध नहीं होता। उनके पास कोई बाउंसर नहीं होता। वे बैंक के सहयोग से काम करते हैं। बैंक का हिस्सा नहीं होते।

सोनू : तो फिर ठीक है। यही उपाय करता हूँ।

(तभी सोनू का फोन बजता है। वह इत्मिनान से उठाता है।)

सोनू : हलो…कौन?…यह बार-बार फोन क्यों कर रहे हो, क्या समझ रखा है?…मैंने क्रेडिट कार्ड का इस्तेमाल नहीं

किया, तो कोई फीस नहीं चुकाऊँगा। जो करना है, कर लो। आगे से कोई फोन नहीं आना चाहिए। तुम मुझे नहीं जानते। मैंने तुम्हारे सारे फोन टेप कर रखे हैं। अब फोन आया तो पुलिस के पास रंगदारी का केस करूँगा और कंज्यूमर कोर्ट भी जाऊँगा। जो भी फैसला होना है, वहीं होगा।

(दूसरी तरफ से फोन डिस्कनेक्ट हो जाता है।)

(सोनू खुश हो गया। कुणाल से बोला)

सोनू : फोन काट दिया। कमाल हो गया। पहले टॉर्चर करता था। धमकी देता था। अब चुप हो गया। फोन रख दिया।

कुणाल : अब तुम्हारे पास कोई तगादा नहीं आएगा। इत्मिनान रखो। बिना मतलब टेंशन में थे।

सोनू : मैं गाँव-देहात का आदमी। थोड़ी-थोड़ी बात में टेंशन में आ जाता हूँ।

कुणाल : कोई बात नहीं। धीरे-धीरे यहाँ के नियम-कानून सीख जाओगे। शहर का हर आदमी कभी न कभी किसी न किसी गाँव से ही आया हुआ है। अब चलो यूनियन नेता से बात करते हैं स्पेशल इंक्रीमेंट की बात करें।

छठा दृश्य

[यूनियन ऑफिस में सोनू और कुणाल यूनियन लीडर के सामने बैठे हैं।]

यूनियन लीडर : तुम लोग जो कह रहे हो वह पॉइंट मैं पहले ही सोच चुका हूँ। इंक्रीमेंट के अलावा फाइव डे वीक सिस्टम लागू करने की माँग शामिल है। सीईओ से बातचीत कर माँग-पत्र दे चुका हूँ। इस पर वार्त्ता का समय मिल चुका है।

सोनू : फाइव डे वीक तो लागू होना ही चाहिए। हर कॉर्पोरेट कंपनी में यह लागू है। कितने इंक्रीमेट की माँग की है? कब का समय मिला है?

लीडर : दस प्रतिशत की माँग की है। नेक्स्ट मंडे को बातचीत होगी।

सातवाँ दृश्य

सीईओ : तुम्हारे माँग-पत्र का जवाब एक लिफाफे में तुम्हारे घर पर भेजा था। मिल गया होगा।

लीडर : जी मिल गया था, थैंक्स। हम तो कर्मचारियों और मैनेजमेंट के बीच की कड़ी हैं। दोनों के हित साधना हमारा कर्तव्य है।

सीईओ : तुम्हारी बात रखने के लिए दो प्रतिशत स्पेशल इंक्रीमेंट मंजूर किया जाता है। फाइव डे वीक भी लागू होगा, लेकिन अगले फायनांशियल ईयर से। कर्मचारियों को कंविंस करना तुम्हारा काम है।

लीडर : थैंक यू सर, लेकिन इतनी आसानी से नहीं देना है। थोड़ा जिंदाबाद-मुर्दाबाद करने के बाद दीजिएगा। मेरी नेतागिरी भी चमकनी चाहिए न?

सीईओ : बिल्कुल···ऐसा ही होगा···वैसे किस-किस कर्मचारी ने यह माँग उठाई है?

लीडर : फाइव डे वीक का विचार तो मेरे मन में आया था। इंक्रीमेंट का प्रस्ताव सोनू और कुणाल ने दिया था।

सीईओ : इस तरह के लोग ठीक नहीं होते। वे सिर्फ अपने बारे में सोचते हैं। कंपनी का हित नहीं देखते। ऐसे लोग ऑफिस का कल्चर बिगाड़ सकते हैं। उनको किसी न किसी बहाने नौकरी से हटाना होगा। उनपर नजर रखनी होगी।

लीडर : एज यू विश सर। एडमिस्ट्रेटिव डिसीजन में यूनियन फॉर्मल विरोध करेगा, लेकिन उसे लागू होने में ज्यादा अवरोध नहीं पैदा करेगा।

सीईओ : ओके···और किसी भी तरह की मदद की दरकार हो तो बेहिचक बोलना।

लीडर : जरूर बोलूँगा। हम एक-दूसरे का खयाल नहीं रखेंगे तो कौन रखेगा?

(यूनियन लीडर सीईओ ऑफिस से बाहर निकल जाता है।)

□

गुलाबी नोट

पहला दृश्य

सूत्रधार : डिजिटल इंडिया में करेंसी नोटों के उपयोग को कम कर दिया है। चाहे कुछ भी खरीदो दुकानदार या तो एमआरपी के मुताबिक नकद भुगतान माँगते हैं या फिर यूपीआई पेमेंट। ऐसे में बाकी नोट तो ठीक हैं, दो हजार वाला गुलाबी नोट भारी मुसीबत बन गया है। उसे भुनाने में बड़ी परेशानी होती है। हमारे नाटक के मुख्य पात्र गुल्लू बाबू को मात्र एक गुलाबी नोट के कारण क्या-क्या मुसीबत झेलनी पड़ी, आइए देखते हैं।

दूसरा दृश्य

[गुल्लू बाबू हाथ में एक दो हजार का नोट लिए स्टेज पर बेचैनी में टहल रहे हैं।]

गुल्लू : क्या करूँ···कुछ समझ में नहीं आ रहा। कहाँ जाऊँ? बाजार का बड़ा से बड़ा दुकानदार इस दो हजारी नोट को भुनाने को तैयार नहीं है। अब पाँच सौ का सामान खरीदूँ तो शायद इसका खुदरा हो सके।

(तभी सामने से उनके मित्र निखट्टू का प्रवेश होता है।)

निखट्टू : क्या बात है मित्र, बड़े परेशान दिख रहे हो ?

गुल्लू : क्या बताऊँ! एक नोट ने परेशान कर दिया है। कल मैं सफर के लिए घर से निकल रहा था तो ताऊजी ने दो हजार का नोट दे दिया। कहा कि अपने लिए कुछ खरीद लेना। अब इस शहर में तीन दिनों से उसका खुदरा कराने के लिए बाजार-बाजार घूम रहा हूँ। कोई नहीं कर रहा है। कुछ भी खरीदो तो दुकानदार कहता है, यूपीआई पेमेंट कर दो। इस नोट को तुड़ाने के चक्कर में चार सौ का यूपीआई पेमेंट कर चुका हूँ। पता नहीं सरकार ने क्या सोचकर एक तरफ कैशलेस ट्रांजेक्शन को बढ़ावा दिया और दूसरी तरफ दो हजार का नोट चला दिया।

निखट्टू : समस्या तो है। सौ-दो सौ के नोट का तो फिर भी खुदरा मिल जाता है। लेकिन पाँच सौ का नोट भुनाना भी आसान नहीं होता। छोटी खरीदारी में मुश्किल पैदा करता है। दो हजार का नोट भुनाना तो और भी मुश्किल है।... लेकिन ऐसी कोई समस्या नहीं, जिसका समाधान न हो। मैं एक जगह जानता हूँ, जहाँ तुम्हारा यह नोट टूट सकता है।

गुल्लू : जल्द बताओ, कहाँ टूट सकता है ?

निखट्टू : मेरी बात कुछ अटपटी लग सकती है। लेकिन मैं जहाँ बता रहा हूँ, वहाँ निश्चित रूप से बात बन जाएगी।

गुल्लू : पहेलियाँ मत बुझाओ। उपाय बताओ।

निखट्टू : अभी जिस सूबे में आए हो वहाँ लॉटरी कानूनन वैध है। तुम किसी लॉटरी एजेंट से इस राज्य का तीन सौ का बंपर लॉटरी टिकट ले लो। वह बाकी रुपए नकद दे देगा। समझ लेना जैसे चार सौ यूपीआई पेमेंट किया वैसे ही तीन सौ और भी कर दिया।

गुल्लू : मैं लॉटरी-वाटरी नहीं खेलता, लेकिन अगर उसका टिकट खरीदने से इस गुलाबी नोट से छुटकारा मिल सकता है, तो मुझको यह शर्त मंजूर है।

निखट्टू : तो फिर चलो मेरे साथ और देखो मेरा कमाल।

(दोनों स्टेज के बाहर निकल जाते हैं। बिजली कटती है और जब वापस आती है तो वे दोनों एक लॉटरी वेंडर के पास खड़े दिखते हैं।)

तीसरा दृश्य

निखट्टू : भाई को बंपर लॉटरी का टिकट लेना है, लेकिन इनके पास दो हजार का नोट है।

वेंडर : कोई बात नहीं। चालीस हजार का नोट हो तो भी चिंता नहीं। मेरे पास जो टिकट खरीदने आते हैं, वे करेंसी नोट देते हैं। मैं यूपीआई पेमेंट लेता नहीं। दो हजार के जितने भी नोट लाओ कोई प्रॉब्लम नहीं।

(निखट्टू मुसकराकर गुल्लू की तरफ देखता है। गुल्लू तुरंत दो हजार का नोट वेंडर की तरफ बढ़ाता है।)

वेंडर : अपनी पसंद का नंबर चुन लो। दस दिनों बाद खेला होगा।

गुल्लू : जो नंबर चाहो दे दो। मुझे पिक एंड चूज नहीं करना।

(वेंडर टिकट के साथ सतरह सौ रुपए देता है। गुल्लू के चेहरे पर सुकून के भाव आ जाते हैं। वह टिकट एक पॉकेट में और करेंसी नोट दूसरे पाकेट में रखता है।)

(लाइट कट, दृश्य परिवर्तन)

चौथा दृश्य

[गुल्लू और निखट्टू आसपास खड़े हैं।]

गुल्लू : यार, तुम्हारा नाम निखट्टू किसने रख दिया? तुम तो बड़े काम के आदमी हो!

निखट्टू : हो सकता है, बचपन में थोड़ा आलसी रहा होऊँ, इसलिए माँ–बाप ने ऐसा नाम रख दिया। लेकिन तुम तो मानते हो न कि मैं काम का आदमी हूँ?

गुल्लू : बिल्कुल।

निखट्टू : तो फिर एक कप चाय का तो मैं हकदार हुआ कि नहीं?

गुल्लू : सिर्फ चाय नहीं, उसके साथ नाश्ते के भी हकदार हो। चलो।

निखट्टू : तुम ऐसा करो कि लॉटरी टिकट का नंबर नोट करा दो। तुम्हें याद रहे न रहे, मैं रिजल्ट देख लूँगा। तुम्हें फोन पर बता दूँगा।

(गुल्लू टिकट बढ़ाता है। निखट्टू एक कागज पर नंबर नोट करता है।)

(पावर कट, दृश्य परिवर्तन)

पाँचवाँ दृश्य

[गुल्लू कुरसी पर बैठा हुआ अखबार पढ़ रहा होता है। तभी उसका मोबाइल बजता है।]

गुल्लू : बोलो भाई निखट्टू, कैसे याद किया?

(स्टेज के एक कोने में निखट्टू और दूसरे कोने में गुल्लू दिखाई पड़ते हैं।)

निखट्टू : याद है न, तुमने मेरे साथ लॉटरी टिकट खरीदा था।

गुल्लू : हाँ``हाँ याद है, गुलाबी नोट तुड़ाने के लिए खरीदा था।

निखट्टू : उसे सँभालकर रखा है न?

गुल्लू : अलमारी में रख दिया था।

निखट्टू : तुरंत अलमारी खोलो और टिकट को बाहर निकालो। उसे घर के पूजास्थल पर छुलाकर वापस ले आओ। गुलाबी नोट ने कमाल कर दिया है। तुम्हारी दस करोड़ की लॉटरी निकली है।

गुल्लू : क्या बात करते हो? दस करोड़ की लॉटरी?

निखट्टू : हाँ भाई, तुरंत कंफर्म करो, टिकट सलामत है कि नहीं।

गुल्लू : अभी बतलाता हूँ।

छठा दृश्य

गुल्लू (मोबाइल पर) : टिकट तो मिल गया। अब करना क्या है?

निखट्टू : अपने बैंक मैनेजर से मिलो और उसके जरिए लॉटरी की रकम का क्लेम करो। मेरे को भूलना मत। गुलाबी नोट तुम्हारा था, लेकिन टिकट खरीदकर भुनाने का आइडिया मेरा था। मैंने ही टिकट खरिदवाया था। तो``मेरा भी कुछ हक बनता है।

गुल्लू : बिल्कुल बनता है। रकम मिलने दो। उसमें से एक करोड़ तुमको दे दूँगा।

(पावर कट, दृश्य परिवर्तन)

सातवाँ दृश्य

बैंक मैनेजर : सारे डाक्यूमेंट्स तैयार हैं। मैं डॉयरेक्टर, स्टेट लॉटरीज को डिस्पैच कर रहा हूँ।

गुल्लू : थैंक यू सर।

बैंक मैनेजर : चालीस प्रतिशत इंकम टैक्स देना होगा, तुम्हें छह करोड़ व्हाइट मनी मिलेगी। जहाँ चाहो इस्तेमाल कर सकते हो।

गुल्लू : थोड़ा बहुत दोस्तों के साथ सेलिब्रेट करने में खर्च करूँगा। बाकी अपने अकाउंट में ही रखूँगा। लेकिन रकम आने में कितना समय लगेगा ?

बैंक मैनेजर : अभी तो क्लेम कर रहा हूँ। दस दिन के बाद कुछ रेस्पॉन्स आएगा। मेरी मानो तो पैसा मिलने के बाद उसका एक हिस्सा फिक्स डिपॉजिट स्कीम में डाल देना। उसके ब्याज से रोजमर्रे का खर्च निकल आएगा। रकम सुरक्षित रहेगी। कैसे क्या करना है प्लान कर लो। जैसे ही जवाब आता है मैं फोन पर खबर कर दूँगा।

गुल्लू : ओके सर।

(पावर कट, दृश्य परिवर्तन)

आठवाँ दृश्य

[गुल्लू के मोबाइल पर फोन आता है।]

गुल्लू : हलो···कौन ?

शंकर दादा : रिश्ते में तो हम तुम्हारे बाप लगते हैं, नाम है शंकर दादा। तुम्हारे इलाके का डॉन। नाम तो सुना होगा···।

गुल्लू : नाम सुना है, लेकिन आप मुझको कैसे जानते हैं, किसलिए याद किया ?

शंकर दादा : मुझसे उड़ने की कोशिश मत करो। मुझे पता है, तुम्हारी दस करोड़ की लॉटरी लगी है।

गुल्लू : जी लगी है तो फिर··· ?

शंकर दादा : चुपचाप उसमें से एक करोड़ हमारे हवाले कर दो। तुम्हें प्रोटेक्शन की जरूरत है। वह हमारे लोग देंगे।

गुल्लू : ठीक है दादा…यह कोई मेहनत का पैसा तो है नहीं। आपको एक करोड़ दे दूँगा। लेकिन अभी पैसा आया नहीं है।

शंकर दादा : आ जाएगा। आना ही आना है। जैसे ही आए तुम्हें पहला काम यही करना है कि मेरे पास रकम पहुँचा देनी है और चैन की नींद सो जाना है। मुझसे भूलकर भी चालाकी मत करना। महँगा पड़ जाएगा।

गुल्लू : जी…।

(मोबाइल रखता है तभी फिर बज उठता है)

गुल्लू : हलो…।

आवाज : दुबई से बोल रहा हूँ। भाई बात करेंगे।

गुल्लू : मेरा कोई भाई दुबई में नहीं रहता।

आवाज : भाई का मतलब नहीं समझते…अंडरवर्ल्ड का भाई।

गुल्लू : ठीक है, बात करा दो। देखता हूँ।

भाई : भाई का मतलब नहीं जानते? कभी पाला नहीं पड़ा? भाई कहलाते हैं लेकिन बाप होते हैं। मैं दुबई में बैठा हूँ, लेकिन यहाँ रिमोट दबाऊँगा धमाका तुम्हारे पास होगा।

गुल्लू : समझ गया लेकिन मैंने क्या गलती की है…मैं आपकी क्या सेवा कर सकता हूँ?

भाई : तुम्हारी लॉटरी निकली है न?

गुल्लू : जी…। अभी क्लेम किया है।

भाई : ठीक है। जब तुम्हारे खाते में पैसा आएगा, हमें पता चल जाएगा। हमारा आदमी जाएगा। जिंदा और सेफ रहना चाहते हो तो चुपचाप उसे तीन करोड़ दे देना।

(गुल्लू फोन रख देता है और उँगलियों पर जोड़ते हुए अपने आपसे कहता है।)

गुल्लू : तीन करोड़ दुबईवाले भाई को…एक करोड़ लोकल

भाई को···एक करोड़ निखट्टू को···चार करोड़ सरकार को···मेरे पास क्या बचेगा···10 करोड़ के इनाम में सिर्फ एक करोड़। उस पर भी सामाजिक संगठनों का कुछ हक बनेगा ही।

(पावर कट, दृश्य परिवर्तन)

नौवाँ दृश्य

[गुल्लू शंकर दादा का नंबर डॉयल करता है।]

शंकर दादा : बोलो, किसलिए फोन किया।

गुल्लू : दादा, आपको पैसा देने में कोई समस्या नहीं है। आपसे हमेशा काम पड़ेगा, लेकिन थोड़ी देर पहले दुबई से किसी भाई का फोन आया था। वे कह रहे थे कि उन्हें पैसा नहीं दिया तो रिमोट दबाकर मुझे उड़ा देंगे।

शंकर : किसी भाई को पैसा देने की जरूरत नहीं है। मेरे इलाके में किसी की भी नहीं चलेगी। तुम एकदम निश्चिंत रहो। दुबारा फोन आए तो कह देना कि शंकर दादा से बात कर ले। डरने की जरूरत नहीं है।

गुल्लू : जी दादा, ठीक है।

दसवाँ दृश्य

[गुल्लू निखट्टू को फोन करता है।]

गुल्लू : यार निखट्टू, बहुत टेंशन में हूँ। ताऊजी के गुलाबी नोट ने चक्कर में डाल दिया। बेकार में मैंने ले लिया। एक पैसा मिला नहीं और लोकल डॉन से लेकर दुबई के भाई तक का फोन आ गया। सबको देने-लेने के बाद एक

करोड़ बचेगा, उसके लिए भी सामाजिक संस्थाओं का रिक्वेस्ट आना बाकी है। मेरे हाथ खाली के खाली रह जाएँगे।

निखट्टू : परेशान होने की जरूरत नहीं है। सबको हाँ बोलते जाओ। मैं इसकी कुछ न कुछ तोड़ निकालूँगा।

(पावर कट, दृश्य परिवर्तन)

ग्यारहवाँ दृश्य

[बैंक मैनेजर के सामने गुल्लू बैठा है।]

मैनेजर : सॉरी भाई, लॉटरी डायरेक्टर का जवाब आ चुका है। उसका कहना है कि उनकी लॉटरी सिर्फ उनके स्टेट के लोगों के लिए है। तुम उस स्टेट के नहीं हो इसलिए इनाम के हकदार नहीं हो।

गुल्लू : अच्छा हुआ। जान छूटी।

मैनेजर : नहीं''डायरेक्टर ऐसे कैसे बोल सकता है! ऐसा कोई कानून नहीं है। अगर लॉटरी सिर्फ स्टेट के लोगों के लिए है तो टिकट आधार कार्ड देखकर देना चाहिए था। तुम कंज्यूमर कोर्ट में जाओ। उन्हें लॉटरी की रकम के साथ हर्जाना भी देना पड़ेगा। कोई छोटी-मोटी रकम थोड़े ही है।

(लाइट कट, दृश्य परिवर्तन)

बारहवाँ दृश्य

[गुल्लू लैपटाप पर काम कर रहा होता है। तभी उसके नंबर पर फोन आता है।]

कॉलर : मेरी बात मिस्टर गुल्लू से हो रही है क्या?

गुल्लू : जी हो रही है। कहिए, क्या सेवा करूँ ?

कॉलर : आपने अभी-अभी कंज्यूमर कोर्ट में एक शिकायत दर्ज कराई है।

गुल्लू : जी…।

कॉलर : मैं कंज्यूमर लीगल सपोर्ट एजेंसी से बोल रहा हूँ। सरकार ने हमें कंज्यूमर को कानूनी सहायता देने के लिए नियुक्त किया है। हम आपका केस फाइनल कराएँगे और आपको हर्जाने के साथ आपकी रकम दिलवाएँगे। आपको कोर्ट में हाजिर होने की जरूरत नहीं पड़ेगी।

गुल्लू : अच्छा…मुझे क्या करना पड़ेगा ?

कॉलर : सबसे पहले आप 825 रुपए ऑनलाइन पेमेंट करके हमारे फर्म में अपना रजिस्ट्रेशन करा लें। इसके बाद हमारा एडवोकेट आपसे बात करके जरूरी फीडबैक लेगा। फिर स्ट्रांग लीगल नोटिस तैयार करके डायरेक्टर, स्टेट लॉटरीज को भेजेगा। उसमें आपकी जीती हुई रकम के साथ आपके मेंटल हरासमेंट के एवज में हर्जाने की रकम का क्लेम किया जाएगा। जवाब के लिए 15 दिनों का समय दिया जाएगा। ज्यादा उम्मीद रखिए कि डायरेक्टर इस 15 दिन के बीच में मामले को निपटाने की कोशिश करेंगे। आपको रकम मिल जाएगी। कितना हर्जाना क्लेम करना चाहेंगे ?

गुल्लू : *(उँगलियों पर जोड़कर)* 10 करोड़ लॉटरी के, 15 करोड़ हर्जाना।

कॉलर : मतलब 25 करोड़। उसमें एडवोकेट की फीस और हमारा रजिस्ट्रेशन फीस भी जुड़ जाएगा। तो रजिस्ट्रेशन फी के लिए लिंक भेजता हूँ। रजिस्ट्रेशन करा लें।

गुल्लू : ओके।

(मोबाइल रखकर लैपटाप पर व्यस्त हो जाता है। फिर मोबाइल उठाकर ऑनलाइन पेमेंट कर देता है। रिसिप्ट ऑनलाइन आ जाती है। फिर फोन बजता है।)

गुल्लू : हलो···।

कॉलर : रजिस्ट्रेशन नंबर आपके मेल पर भेजा जा चुका है। कल एडवोकेट का फोन आएगा। पूरी बात बता देना और रिक्वायर्ड डर्क्यूमेंट भेज देना। वह लीगल नोटिस तैयार करके भेज देगा। उसे अप्रूव कर देंगे तो उसे अपोजिट पार्टी को भेज देगा।

गुल्लू : जी···।

तेरहवाँ दृश्य

[पावर कट, दृश्य परिवर्तन]

[मोबाइल बजता है। गुल्लू उठाता है।]

गुल्लू : हलो···।

कॉलर : मैं लीगल सपोर्ट एजेंसी से एडवोकेट वेंकट स्वामी अय्यर बोल रहा हूँ।

गुल्लू : जी···बतलाइए।

कॉलर : अपना आईडी, एड्रेस प्रूफ, लॉटरी टिकट, बैंक क्लेम रिलेटेड डॉक्यूमेंट्स, डायरेक्टर का जवाब इन सबको स्कैन करके मेल कर देना। मैं नोटिस तैयार कर दूँगा। नोटिस देखने के बाद मेरी फीस भेज देना।

गुल्लू : आपकी फीस कितनी है?

कॉलर : केवल पाँच हजार···यह सारी रकम क्लेम के साथ वापस मिल जाएगी।

गुल्लू : ओके अय्यर साहब।

(गुल्लू लैपटाप पर व्यस्त हो जाता है।)

(पावर कट, दृश्य परिवर्तन)

चौदहवाँ दृश्य

[गुल्लू और निखट्टू आमने-सामने बैठे हैं।]

गुल्लू : अच्छा हुआ तुम आ गए। कंज्यूमर कोर्ट से नोटिस भेजे हुए बीस दिन हो गए। कुछ जवाब नहीं आया।

निखट्टू : लीगल सर्विसेज को फोन करो।

गुल्लू : जब फोन करता हूँ तो रिप्लाई मिलता है कि इस रूट की सभी लाइनें व्यस्त हैं। कृपया थोड़े समय बाद प्रयास करें।

निखट्टू : मेल भेजो।

गुल्लू : मेल रिसीव नहीं हो पा रहा है।

निखट्टू : इसका मतलब है कि यह सारा कुछ साइबर क्रिमनल्स का चक्रव्यूह था। साइबर सेल में कंप्लेन करो।

(तभी गुल्लू के ताऊजी प्रवेश करते हैं।)

ताऊजी : अरे गुल्लू···क्या कर रहे हो?

गुल्लू : कुछ नहीं ताऊजी···थोड़ा मेंटल एक्सरसाइज कर रहे थे।

(ताऊजी अपने कुर्ते की जेब से दो हजार का नोट निकालकर गुल्लू की तरफ बढ़ाते हैं।)

ताऊजी : लो रख लो। कुछ खरीद लेना।

(गुल्लू हाथ जोड़कर खड़ा हो जाता है।)

गुल्लू : ताऊजी, आप जो सेवा कहिए करने को तैयार हूँ। जहाँ कहिए जाने को तैयार हूँ। लेकिन भगवान् के लिए यह गुलाबी नोट···अपनी जेब में वापस रख लें। इसको दूर से नमस्कार करता हूँ।

(तीनों अपनी जगह फ्रिज हो जाते हैं।)

□

डॉग लवर्स

सूत्रधार : दिल्ली और देश के हर हिस्से में, बल्कि दुनिया के हर इलाके में मानव और पशुओं के बीच संघर्ष चलता रहता है। बिहार-यूपी, हिमाचल प्रदेश में बंदरों और नीलगायों का आतंक है, तो दिल्ली-एनसीआर में कुत्तों और बंदरों के कारण दहशत का माहौल बना रहता है। यहाँ की सोसाइटियों में कुत्ता-प्रेमियों की एक जमात भी रहती है। ऐसी जमात जिसे इनसानों से ज्यादा जानवरों से प्रेम है। वे मनुष्य की पीड़ा पर भी उतना दुःखी नहीं होते हैं, जितना पशुओं को चोट लगने पर, देखिए, नोएडा की एक सोसाइटी में क्या हुआ!

पहला दृश्य

[टीन के गेट पर जोर-जोर से लाठी पीटने की आवाज आती है। इसके साथ ही रोषपूर्ण नारे गूँजते हैं, गली-गली में शोर है, हमारा बिल्डर चोर है''बिल्डर हाय-हाय''हमारी माँगें पूरी करो''हमारी माँगें पूरी करो, बिल्डर हाय-हाय, गली-गली में शोर है''हमारा बिल्डर चोर है''हमारा बिल्डर चोर है।]

दूसरी तरफ से नारे गूँजते हैं—

बाल-बच्चों को सँभालो, जीव-जंतुओं को सताना बंद करो, स्ट्रीट डॉग्स से प्यार करो, देसी कुत्ते जिंदाबाद··· विदेशी कुत्ते हाय-हाय, देसी कुत्ते जिंदाबाद।

(कैमरामैन के साथ माइक लिए हुए एक रिपोर्टर मंच पर आता है।)

रिपोर्टर : यह आवाजें सुन रहे हैं न! आप सोच रहे होंगे कि यह कुत्तों के बीच नस्लीय भेदभाव का मामला है। जी नहीं, बिल्कुल नहीं। यह आम जनता और पालतू पशुओं के बीच संघर्ष का मामला है। माजरा क्या है, बताता हूँ। नोएडा की यह सोसाइटी जहाँ मैं अपने कैमरामैन के साथ इस वक्त खड़ा हूँ, इसके आठ टावर्स के बेसमेंट में देसी कुत्तों के एक झुंड ने कल शाम एक ढाई साल के मासूम बच्चे और एक महिला को बुरी तरह नोच डाला। दो लोग बाइक पार्क करने गए थे। उन्होंने देखा तो कुत्तों को भगाकर बच्चे की जान बचाई। इसके एक घंटे बाद उन्हीं कुत्तों ने लिफ्ट के पास ही एक महिला पर हमला कर दिया और उसे बेतरह घायल कर दिया। बच्चे के चेहरे पर छह और महिला को आठ टाँके लगे हैं। उन्हें सरकारी अस्पताल में भरती किया गया। उनकी हालत गंभीर है। इस घटना के बाद लोग भड़क उठे हैं। इसके साथ ही डॉग लवर्स और डॉग हेटर्स आमने-सामने आ गए हैं। बतला दूँ कि यह आठों टावर एक लाइन में हैं। (लाइट इफेक्ट के जरिए दिखाया जा सकता है) हर टावर में 24 फ्लोर हैं। हर फ्लोर पर आठ फ्लैट। मतलब दर्जनों परिवार···एक बड़ी आबादी इनमें रहती है। इसे एक पूरा मुहल्ला कह सकते हैं। इन टावर्स के लंबे-चौड़े बेसमेंट में कार पार्किंग है। हुआ यह कि कल शाम

करीब आठ बजे एक चार साल का बच्चा खेलते-खेलते एक टावर के लिफ्ट में चला गया। लिफ्ट बेसमेंट में पहुँच गया। बच्चा जैसे ही लिफ्ट से निकला चार-पाँच देसी कुत्तों का झुंड उस पर झपट पड़ा। जब तक दो लोग आकर उसे बचाते बच्चा लहूलुहान हो चुका था। इसके एक घंटे बाद उसी बेसमेंट में एक महिला पर भी कुत्तों ने हमला कर दिया था। जैसे ही सोसाइटी के लोगों को यह खबर मिली वे गुस्से में आ गए। उन्होंने सुरक्षा की माँग को लेकर प्रोटेस्ट शुरू कर दिया। वे सोसाइटी को देसी कुत्तों से मुक्त करने की माँग करने लगे। इस सोसाइटी में कुछ डॉग लवर्स भी रहते हैं। वे देसी कुत्तों को खाना खिलाते हैं। उन्हीं के कारण सोसाइटी के अंदर देसी कुत्ते आते हैं। इस घटना के बाद कुत्ता-प्रेमी इस अभियान के विरोध में सामने आ गए। दोनों तरफ से नारेबाजी होने लगी। पहले डॉग हेटर से बात करते हैं। एक आदमी से मुखातिब होता है।

रिपोर्टर : सर आपका नाम।

आदमी : मैं संजीव बंसल हूँ। दस वर्षों से इस सोसाइटी में रह रहा हूँ। कुछ समय से यहाँ सेफ्टी की बड़ी समस्या हो गई है। कभी प्ले ग्राउंड का झूला टूट जाता है, कभी लिफ्ट खराब हो जाता है, कभी कुत्ते हमला कर देते हैं। यहाँ बच्चों का घूमना-फिरना मुश्किल हो गया है। पहले भी यहाँ कुत्तों का हमला हो चुका है। कल तो हद हो गया। हमारे बेसमेंट में गार्ड हैं। पार्किंग में लगी गाड़ियों की सुरक्षा करते हैं, लेकिन वहाँ आवारा कुत्ते घूमते रहते हैं। उन्हें भगाते नहीं। हम सोसाइटी को मेंटेनेंस के पैसे देते हैं, लेकिन कोई मेंटेनेंस नहीं, कोई सुरक्षा नहीं।

एक महिला : मेंटेनेंस की समस्या मानती हूँ, लेकिन आप देसी कुत्तों को आवारा नहीं कह सकते। वे भी हमारी-आपकी तरह जीव हैं। उनके अंदर भी भावनाएँ हैं।

बंसल : आवारा नहीं तो क्या उन्हें जेंटल डॉग कहें, बताइए। उन्हें बच्चों को काटने की छूट दे दें।

(रिपोर्टर उसकी तरफ माइक बढ़ाता है।)

रिपोर्टर : जी···आप क्या कहना चाहती हैं, बताइए?

महिला : मैं रागिनी मल्होत्रा हूँ। मैं देशभक्त हूँ। मुझे देश की हर चीज से प्रेम है, चाहे वह कोई जीव हो या निर्जीव। मुझे देसी कुत्तों से प्यार है। मैं उन्हें खाना बनाकर खिलाती हूँ। सर्दी के मौसम में गरम कपड़े बनवाकर पहनाती हूँ। गरमी के मौसम में अपने फ्लैट में बुलाकर कूलर में रखती हूँ। उन्हें अपने बच्चों की तरह प्यार देती हूँ। कुत्ते भी हमारी तरह हाड़-मांस वाले जीव हैं। उनके अंदर भी फीलिंग्स हैं। मुझको पीड़ित बच्चे और महिला के साथ जो हुआ उसके लिए बहुत दुःख है। लेकिन सोसाइटी में कई लोगों ने विदेशी नस्ल के कुत्ते पाल रखे हैं। वे भी काटते हैं। पिछले महीने एक पालतू जर्मन शेफर्ड ने लिफ्ट के अंदर मिसेज वर्मा को काटा था। तब तो कोई प्रोटेस्ट नहीं हुआ था। विदेशी कुत्ता काटे तो जेंटल डॉग और देसी काटे तो आवारा? मैं पूछती हूँ कि रात के आठ बजे इतना छोटा बच्चा अकेले बेसमेंट में कैसे चला गया? उसके पैरेंट्स क्या कर रहे थे?

रिपोर्टर : यह सवाल तो है। इस पर बंसल साहब आप क्या कहना चाहेंगे?

बंसल : बच्चा खेलते-खेलते पहुँच गया। महिला अपनी कार निकालने गई होगी। बेसमेंट में जहाँ हमारी गाड़ियाँ पार्क

होती हैं, हम वहाँ क्यों नहीं जा सकते? देसी कुत्ते मिसेज मल्होत्रा के कुत्ता-प्रेम के कारण सोसाइटी के अंदर आ जाते हैं। गार्ड भी उन्हें रोकते नहीं। बच्चा कैसे पहुँचा, महिला कैसे पहुँची सवाल यह नहीं है। मैं पूछता हूँ कि इंट्री और एक्जिट गेट पर गाड्र्स के होते हुए बेसमेंट में मिसेज मल्होत्रा के जेंटल डॉग कैसे पहुँच गए?

मिसेज मल्होत्रा : आप गुंडों की भाषा बोल रहे हैं। कुत्तों को जेंटल डॉग बोलकर कटाक्ष क्यों कर रहे हैं?

बंसल : गुंडा किसे कह रही हैं आप? जबान को लगाम में रखिए। आवारा कहें तो आपको बुरा लगता है, जेंटल कहें तो भी बुरा लगता है।

मिसेज मल्होत्रा : मेरी जबान पर आप लगाम लगाएँगे? मैं कोई परदेश से आई हूँ क्या? अपने फ्लैट की ऑनर हूँ। मुझे अपने तरीके से जीने का अधिकार है। आप होते कौन हैं, मेरी जबान पर लगाम लगाने वाले?

बंसल : आपको कुत्तों की फिक्र है, उस बच्चे के लिए कोई संवेदना नहीं, जो आपके कुत्ता-प्रेम के कारण जीवन-मौत के बीच जूझ रहा है? उस महिला के प्रति कोई संवेदना नहीं, जो अस्पताल में पड़ी है?

मिसेज मल्होत्रा : मैंने दुःख प्रकट किया न?

बंसल : बहुत बड़ा अहसान कर दिया।

रिपोर्टर : आप देख रहे हैं। कोई समझने को तैयार नहीं है। मामला गंभीर है। एएसपी महोदया मौजूद हैं, उनसे बात करता हूँ। *(एएसपी से पूछता है)* आप इस विवाद को किस रूप में देखती हैं? इसे कैसे सुलझाएँगी?

एएसपी : देखिए... दिल्ली-एनसीआर में देसी कुत्ते, बंदर और कबूतर भारी संख्या में हैं। डॉग लवर्स भी हैं। मंकी लवर्स

भी हैं। पिजन लवर्स भी हैं। कबूतर गंदगी फैलाते हैं। कुत्ते और बंदर लोगों पर हिंसक हमला कर देते हैं। उनका बंध्याकरण किया जाए, तो प्रोटेस्ट होता है। शहर के बाहर छोड़ा जाए तो प्रोटेस्ट होता है। उनका वैक्सीनेशन ही एक उपाय है। यह नगर निगम की जिम्मेदारी है। हम तमाम बिल्डरों की बैठक बुलाकर उन्हें निर्देश देंगे कि सोसाइटी के अंदर कुत्तों और बंदरों के प्रवेश को रोकने के लिए जरूरी इंतजाम करें। अथॉरिटी को निर्देश देंगे कि आवारा पशुओं का नियमित रूप से वैक्सीनेशन सुनिश्चित करें। सोसाइटीज के बाशिंदों को सुझाव देंगे कि कबूतरों से बचाव के लिए अपनी बॉल्कनियों में पिजन नेट लगाएँ। दुर्घटनाओं को रोका नहीं जा सकता, लेकिन नियंत्रित किया जा सकता है।

दूसरा दृश्य

[एएसपी, सिटी मैजिस्ट्रेट और थानेदार के सामने चार लोग बैठे हुए हैं।]

एएसपी : मैं मानती हूँ कि घटना दुर्भाग्यपूर्ण है। इस तरह की घटना दुबारा न हो, इसके लिए क्या किया जा सकता है? शांति के साथ बैठकर बारी-बारी से बताइए आप क्या चाहते हैं? सबसे पहले मिस्टर बंसल आप बताएँ।

बंसल : मेरे विचार में सबसे पहले सोसाइटी के बिल्डर को बुलवाइए। हम भारी-भरकम मेंटेनेंस चार्ज देते हैं। सोसाइटी में सेफ्टी का क्या इंतजाम है···उन्हें सुरक्षा व्यवस्था और रखरखाव पर ध्यान देने को कहा जाना चाहिए। सोसाइटी के बेसमेंट में आवारा कुत्ते कैसे आ गए?

मिसेज मल्होत्रा : खबरदार जो देसी कुत्तों को आवारा कहा। बच्चे की गलती है। उसके पैरेंट्स की गलती है।

बंसल : सवाल यह नहीं है कि बच्चा बेसमेंट में कैसे पहुँचा··· या महिला क्यों पहुँची···सोसाइटी का बेसमेंट है। कोई भी कभी भी पहुँच सकता है। गाड़ी पार्क करने और निकालने के लिए लोग जाएँगे ही। मिसेज मल्होत्रा की टीम देसी कुत्तों की प्रेमी है। ये लोग घर से खाना बनाकर उन्हें खिलाती हैं। पुण्य कमाती हैं। उनके कारण ही देसी कुत्ते सोसाइटी के अंदर आते हैं।

मिसेज मल्होत्रा : वाह साहब वाह···विदेशी कुत्ते फ्लैट्स में पलें। महँगे बिस्कुट खाएँ। गद्देदार बिस्तर पर सोएँ और देसी कुत्तों को खाने के लिए रोटी भी न मिले। सोने को टाट का टुकड़ा भी न मिले, यह कहाँ का इनसाफ है। मैं देश-प्रेमी हूँ। देसी कुत्तों की सेवा करती हूँ। ठंड के मौसम में उनके लिए गरम ड्रेस बनवाती हूँ। क्या गलत करती हूँ?

बंसल : मैडमजी···विदेशी नस्ल के कुत्ते पालनेवाले उनके गले में पट्टा डालते हैं। जंजीर में बाँधकर रखते हैं। उनकी देख-रेख करते हैं। समय पर उनका वैक्सीनेशन कराते हैं। वे गलती से किसी को काट भी लें तो कम-से-कम रैबीज नहीं होता। इंजेक्शन नहीं लेना पड़ता। उन पर 50 हजार जुर्माना लगाने का प्रावधान है। देसी कुत्ते काटें तो आप जुर्माना देने को तैयार हैं? मिसेज मल्होत्रा, आप कुत्तों को खाना तो खिलाती हैं, लेकिन उनके हमले की जवाबदेही नहीं लेंगी। देसी कुत्तों को रैबीज का इंजेक्शन दिलाने का कोई प्रयास नहीं करेंगी।

मिसेज मल्होत्रा : वैक्सीन के लिए प्रयास कैसे नहीं किया···मेंटेनेंस को कई बार लिखा।

एसएसपी : मेंटेनेंस विभाग सोसाइटी के कैंपस के अंदर के कुत्तों के वैक्सीनेशन कराने का प्रयास कर सकता है, लेकिन स्ट्रीट डॉग्स के वैक्सीनेशन की जिम्मेदारी निगम की है। उसे कभी ध्यान दिलाया गया क्या?

बंसल : यह काम मिसेज मल्होत्रा ने किया या नहीं, मैं नहीं जानता। लेकिन हम लोगों ने कई बार अथॉरिटी को अप्लीकेशन दिया। अधिकारियों से मिलकर बात की। लेकिन कुछ हुआ नहीं।

एसएसपी : इसका मतलब है कि बिल्डर के साथ निगम के प्राधिकारी को भी बुलाना होगा, तभी समस्या का समाधान होगा।

सिटी मैजिस्ट्रेट : उन्हें खबर करवाता हूँ। चौबीस घंटे के अंदर वे हाजिर हों। अगली बैठक उनके साथ होगी।

बंसल : मेरे विचार में मिसेज मल्होत्रा की पूरी टीम की गिरफ्तारी होनी चाहिए। उन्हीं के कारण यह समस्या उत्पन्न हुई है।

मिसेज मल्होत्रा : पुलिस चाहे तो कर ले गिरफ्तार। मैं कुत्तों के लिए कोई भी कुर्बानी दे सकती हूँ।

एएसपी : ऐसा कोई कानूनी प्रावधान नहीं है। कुत्ते के मालिक पर जुर्माना लगाया जा सकता है, लेकिन आवारा कुत्तों के प्रेमी होते हैं। कोई मालिक तो होता नहीं। बहरहाल, बिल्डर और नगर निगम के पदाधिकारी के आने के बाद हम फिर इस मसले पर बात करेंगे।

तीसरा दृश्य

[तमाम लोग बिल्डर और नगर निगम के अधिकारी के साथ बैठे हैं।]

सिटी मैजिस्ट्रेट : मिस्टर नारंग, आपकी सोसाइटी के बेसमेंट में कल देसी कुत्तों ने एक बच्चे और एक महिला पर हमला कर बेतरह घायल कर दिया था। आपको पता चला होगा?

बिल्डर : जी···बेहद अफसोसनाक घटना है। मुझे पता है। यह भी पता है कि कुछ डॉग लवर्स उलटे बच्चे और महिला को ही दोषी बता रहे हैं। यह शर्मनाक है। देसी कुत्तों से प्रेम करना गलत नहीं है। उनकी सेवा हो कोई आपत्ति नहीं। लेकिन वे किसी को काट खाएँ यह आपत्तिजनक है। मैं निगम के अधिकारी से अपील करना चाहूँगा कि सड़क किनारे-किनारे डॉग फीडिंग स्पॉट्स बनवा दें। जिन्हें कुत्तों को खिलाना है, वहीं जाकर खिलाएँ।

बंसल : लेकिन वे सोसाइटी के अंदर नहीं, आएँ इसके लिए आप क्या करेंगे? मेंटेनेंस को चुस्त-दुरुस्त कैसे करेंगे?

बिल्डर : इंट्री और एक्जिट गेट पर गार्ड्स की संख्या बढ़ा देंगे। दोनों गेट में सिर्फ आदमी के आने-जाने के लिए छोटा गेट खुला रहेगा। बड़ा गेट गाड़ियों के आने-जाने के साथ बंद कर दिया जाएगा। गार्ड्स को हिदायत दी जाएगी कि कुत्तों को गेट के अंदर नहीं आने दें। झूलों और सभी लिफ्टों का हर सप्ताह मेंटेनेंस किया जाएगा। बेसमेंट में गार्ड बढ़ाए जाएँगे।

एएसपी : यह सारा काम तत्काल प्रभाव से हो जाना चाहिए।

बिल्डर : अवश्य मैडम, मैं वादा करता हूँ।

निगम पदाधिकारी : हर सोसाइटी के बाहर डॉग फीडिंग का स्पॉट बनाए जाएँगे। उनका वैक्सीनेशन नियमित रूप से कराया जाएगा।

सिटी मैजिस्ट्रेट : बैठक में जो फैसले हुए हैं, उनकी रिपोर्ट पर सारे लोग हस्ताक्षर करेंगे। बिल्डर और निगम की जिम्मेदारी होगी कि अपना वादा पूरा करें।

निगम अधिकारी : मैं कुत्तों के आक्रामक होने के कारणों पर कुछ कहना चाहूँगा।

सभी एक साथ : अवश्य…हम जानना चाहेंगे।

निगम अधिकारी : आपको ध्यान होगा कि जिस दिन यह घटना हुई, उस दिन चंद्रग्रहण लगा था और दो बजे रात को भूकंप आया था।

सभी : जी…।

निगम अधिकारी : पशु-पक्षियों को प्राकृतिक घटनाओं का आभास घंटों पहले हो जाता है और वे असामान्य व्यवहार करने लगते हैं। मुझे लगता है कि कुत्ते इसी कारण बेचैन और आक्रामक हो गए थे।

सभी : संभव है।

निगम अधिकारी : यह बात मैं अपनी जिम्मेदारी से पीछे हटने के लिए नहीं कह रहा हूँ। मैं मानता हूँ कि आवारा कुत्तों का वैक्सीनेशन समय पर होना चाहिए था जिसमें हम चूक गए। अब नहीं चूकेंगे।

मिसेज मल्होत्रा : प्लीज…आप देसी कुत्तों को आवारा मत कहिए। वे बड़े शालीन…अनुशासित और प्यारे जीव होते हैं।

बंसल : आप शौक से उनको प्यार कीजिए, लेकिन सोसाइटी के बच्चों की सुरक्षा की कीमत पर नहीं।

एएसपी : डॉग लवर्स और हेटर्स की लड़ाई चलती रहेगी। फिलहाल मैं उम्मीद करती हूँ कि समस्या का समाधान निकल आएगा। अब कोई परेशानी हो तो पुलिस चौकी के इंचार्ज को खबर कीजिए या मुझे सीधे फोन कीजिए, मैं तुरंत चली आऊँगी।

□

ड्रोन टैक्सी

पहला दृश्य

सूत्रधार : कहते हैं न कि लालच बुरी बलाय। लोग रातोरात खरबपति बनने के सपने देखते हैं और ठगों के गिरोह उन सपनों को हवा देकर अपनी गोटी लाल करते हैं। आज मानव सभ्यता बैलगाड़ी से शुरू होकर ड्रोन तक पहुँच चुकी है। जैसा कि आप जानते हैं, इसका इस्तेमाल पहले खुफिया संगठनों ने आस-पड़ोस के दोस्तों और दुश्मनों की टोह लेने के लिए किया। फिर अंडरवर्ल्ड के लोगों ने इसका इस्तेमाल नशीली दवाओं, गोला-बारूद और हथियारों की तस्करी के लिए किया। आज के अखबार में एक टेंडर निकला है। कोई कंपनी इससे आगे बढ़कर ड्रोन टैक्सी सर्विस शुरू करने जा रही है। इसके लिए इंटरेस्टेड लोगों से ऑफर माँगा है। अब देखिए हमारे तीन तिलंगों पर इसकी क्या प्रतिक्रिया होती है!

दूसरा दृश्य

[लाइट कटती है फिर वापस आती है। तीन लोग कुरसियों पर बैठे दिखते हैं। एक के हाथ में अखबार है।]

हीरालाल : अरे भाई माणिक, अरे भाई पन्ना, तुम लोगों ने आज का अखबार देखा क्या?

माणिकलाल : क्या देखना···आजकल अखबार में देखने लायक रहता ही क्या है?

पन्नालाल : सिर्फ झूठ और प्रोपगेंडा।

हीरा : इसके अलावा भी बहुत कुछ रहता है। यह विज्ञापन देखो। क्या लिखा है?

(दोनों की नजर विज्ञापन पर टिकती है। वे एक-दूसरे की तरफ देखते हैं। फिर हीरालाल से मुखातिब होते हैं।)

माणिकलाल : देखा, इंडियन ड्रोन टैक्सी सर्विस कंपनी हमारे शहर में ड्रोन टैक्सी सर्विस शुरू करने जा रही है। अच्छी बात है। जनता को टेक्नोलॉजी का लाभ मिलना ही चाहिए। लेकिन इससे हमें क्या? हम तो ट्रेन और बस पर चलने वाले लोग हैं। ड्रोन टैक्सी से हमें क्या लेना-देना?

हीरालाल : मैं ड्रोन टैक्सी में चलने की नहीं चलवाने की बात कर रहा हूँ। यह हमारे रोजगार का साधन हो सकता है। हम भी इसमें दो-चार ड्रोन टैक्सी चलवाएं तो कमाई होगी कि नहीं?

पन्ना : आइडिया तो अच्छा है, लेकिन हम इसके बारे में कुछ जानते ही नहीं है। कैसी टैक्सी होगी, कितने में मिलेगी, लाभ-हानि का हिसाब क्या होगा···कुछ भी तो नहीं जानते। अननोन पिच पर क्रिकेट खेलना नुकसानदेह होता है।

हीरालाल : अरे भाई, इसमें जानने को क्या है! जैसे कैब सर्विस चलती है, वैसे ही ड्रोन टैक्सी चलेगी। धरती के ऊपर और प्लेन के मार्ग के नीचे उड़ते हुए यह टैक्सी यात्रियों को एक जगह से दूसरी जगह ले जाएगी। खुली हवा में

उड़ते हुए यात्री नीचे का नजारा भी देख सकेंगे। सबसे बड़ी बात है कि इसके लिए ड्राइवर नहीं रखना होगा। बस कंप्यूटर में फीड करना होगा।

माणिक : इसमें परेशानी क्या है? विज्ञापन में फोन नंबर दिया हुआ है। फोन करके अपॉइंटमेंट लो। उसके ऑफिस में चलकर बात करेंगे। बात बन गई तो हम भी लगा देंगे। नहीं बनी तो भी कुछ ज्ञान तो बढ़ेगा ही।

हीरालाल : यह सही रहेगा। फोन लगाओ।

(पन्नालाल मोबाइल में नंबर मिलाता है, बात करने की मुद्रा···)

पन्नालाल : कल दोपहर तीन बजे हमें कंपनी के ऑफिस में चलना है।

हीरालाल : ठीक है। हाथ कंगन को आरसी क्या···वहीं तय हो जाएगा, हम ड्रोन को दूर से उड़ते हुए देखेंगे, उसमें चलेंगे या उसे चलवाएँगे।

तीसरा दृश्य

[इंडियन ड्रोन टैक्सी सर्विस का बोर्ड लगा हुआ है। टेबल के एक तरफ दो लोग बैठे हैं और दूसरी तरफ हीरालाल, माणिकलाल और पन्नालाल]

नीलम कुमार (कंपनी का अधिकारी) : मैं नीलम कुमार···इंडियन ड्रोन टैक्सी सर्विस का सीईओ···हमारे दफ्तर में आपका स्वागत है।···तो आप लोग हमारी सर्विस में शामिल होना चाहते हैं। यह देश की ही नहीं, दुनिया की अपने तरीके की पहली सर्विस होगी। इसका किराया फ्लाइट से कम और ट्रेन के थ्री

एसी क्लास से थोड़ा ज्यादा होगा। चार सीटोंवाली ड्रोन टैक्सी की कीमत 8 लाख होगी। यह ऐप आधारित सर्विस होगी। हम तीन हजार किलोमीटर तक की यात्रा की सुविधा प्रदान करेंगे। यात्री अपना टिकट ऑनलाइन बुक कर सकेंगे। सारा कुछ रिकॉर्ड में होगा। कंट्रोलरूम हमारा होगा। ऑपरेटर हमारा होगा। आपको सिर्फ टैक्सी लेनी होगी और उसका मेंटेनेंस करना होगा। लाभ में 70 प्रतिशत आपका 30 प्रतिशत कंपनी का।

हीरालाल : बैंक लोन दिलवाने में आपकी कंपनी सहयोग करती है क्या?

नीलम कुमार : इसमें हम कोई मदद नहीं कर सकेंगे। यह बैंक के साथ आपके रिश्ते पर डिपेंड करेगा। हम सिर्फ इतना करेंगे कि आपका पैसा मिलते ही ड्रोन टैक्सी मँगवा देंगे। उसका ट्रायल कर लेंगे। आपकी टैक्सी का रूट तय कर देंगे। अभी कंट्रोलरूम बन रहा है। सर्विस शुरू होने में एक-डेढ़ महीने लग जाएँगे। अगर हमारे प्रोजेक्ट में शामिल होना है, तो इस बीच आप लोग पैसों की व्यवस्था कर लीजिए।

पन्नालाल : हम एक टैक्सी से महीने में कितनी कमाई की उम्मीद कर सकते हैं?

अधिकारी : देखिए, यह नई चीज होगी। शुरू में इसका बहुत ज्यादा क्रेज होगा। एक टैक्सी महीने में कम-से-कम पाँच लाख की कमाई करेगी। दो महीने में टैक्सी की कीमत निकल आएगी। बाद में दो-तीन लाख पर काँटा रुक जाएगा।

हीरालाल : थैंक यू सर, इतना काफी है। हम तैयारी में लग जाते हैं। एक-एक टैक्सी तो हम लगवाएँगे ही।

अधिकारी : विश यू गुड लक।
(हाथ मिलाता है। सभा विसर्जित हो जाती है।)

चौथा दृश्य

[बैंक मैनेजर के चैंबर में]

मैनेजर : मैंने ड्रोन टैक्सी के बारे में सुना है। विज्ञापन भी देखा है, लेकिन इसके लिए लोन देना है या नहीं, अभी तक इसके लिए हेड ऑफिस से कोई निर्देश नहीं आया है। आप प्रपोजल दीजिए। मैं ऊपर के अधिकारियों से बातचीत करता हूँ। इसके बाद ही बता पाऊँगा कि हमारा बैंक इसके लिए लोन देगा या नहीं।

हीरालाल : हमें सिर्फ चार-छह महीने के लिए लोन चाहिए। जिस महीने से टैक्सी चलनी शुरू हुई, उसी महीने से लौटाना शुरू कर देंगे। तीन-चार किस्त में लोन चुका देंगे।

मैनेजर : वह तो ठीक है, लेकिन हेड ऑफिस से स्वीकृति मिलने के बाद ही हम कुछ कह सकेंगे।
(तीनों लोग उठकर हाथ मिलाते हैं और चल देते हैं।)

पाँचवाँ दृश्य

[तीनों लोग चल रहे हैं कि तभी एक आदमी उनके सामने आता है।]

आदमी : आप लोगों को बैंक मैनेजर के चैंबर से निकलते हुए देखा। अगर किसी विजनेस के लिए लोन चाहिए, तो मैं आपकी मदद कर सकता हूँ।

हीरालाल : आप बैंक के एजेंट हैं क्या? कितना कमीशन लेंगे? हम तीनों को मिलाकर कुल 24 लाख रुपए का लोन चाहिए।

आदमी : मैं एजेंट तो हूँ, लेकिन इस तरह के बैंकों का नहीं। हमारा अपना अलग बैंक है। पूरी तरह प्राइवेट। आरबीआई से भी हमारा कोई लेना-देना नहीं है। हमारे बैंक में ब्याज थोड़ा ज्यादा लगता है, लेकिन लोन तुरंत मिल जाता है, वह भी बिना किसी गारंटर, बिना किसी मार्गेज के।

पन्नालाल : ऐसा क्या। यह तो बहुत अच्छा है। हम जो व्यवसाय करने जा रहे हैं उसमें ब्याज की समस्या है न किस्त की। फिर भी ब्याज कितना देना होगा?

आदमी : चार प्रतिशत।

पन्नालाल : यह तो बैंक से बहुत कम हुआ। बैंक तो 16–18 प्रतिशत लेता है।

आदमी : बैंक सालाना लेता है, हमारे बैंक का ब्याज प्रतिमाह चार प्रतिशत होता है। बैंक पहली किस्त में दो-तीन महीने की छूट देता है। हम कोई छूट नहीं देते। हमारा ब्याज तत्काल शुरू हो जाता है। बैंक में बहुत सारे डॉक्यूमेंट देने होते हैं। हमें सिर्फ उतनी राशि का पोस्ट पेड चेक देना होता। बैंक में लोन के लिए सैकड़ों चक्कर लगाने होते हैं। हमारे यहाँ हाथो-हाथ मिलता है। बस पोस्ट डेटेड चेक दीजिए और लोन की रकम ले जाइए। यह अंतर पड़ेगा।

पन्नालाल : कितने समय में लोन चुकाना होगा।

आदमी : मूलधन के लिए कोई समय-सीमा नहीं है, लेकिन सूद हर महीने ठीक समय पर देना होगा। नहीं तो फिर चक्रवृद्धि ब्याज लगेगा। आप कौन सा धंधा करेंगे, इससे हमें कोई लेना-देना नहीं होगा। बस समय पर सूद देते जाइए। कोई प्राब्लम नहीं होगा।

पन्नालाल : जी…समझ गया। आप अपना नंबर दे दीजिए। हम आपस में बातचीत करके आपको खबर करेंगे।

आदमी : *(एक कार्ड देते हुए)* बस इसी नंबर पर फोन कर लीजिएगा।

छठा दृश्य

हीरालाल : कंपनी के ऑफिसर ने जैसा बताया है, महीने में तीन से पाँच लाख तक की आमदनी हो जाएगी। इतनी आमदनी में हम आराम से ब्याज के साथ मूलधन का एक हिस्सा हर महीने चुका सकते हैं।

माणिकलाल : लेकिन यह भी सोच लेना होगा कि वह कौन सा बैंक है, जो बिना किसी गारंटी के लाखों का लोन दे रहा है ?

हीरालाल : मैं बतलाता हूँ। मुझे पता है। यह अंडरवर्ल्ड का बैंक है। इसे गुंडा बैंक कहते हैं, लेकिन इसका काम बहुत शराफत से…बहुत ईमानदारी से चलता है। ये कोई गारंटर नहीं माँगते, क्योंकि इनके पास वसूली का अपना सिस्टम होता है। यह लोन वही लोग ले सकते हैं, जो इसके जरिए भारी-भरकम कमाई कर सकते हैं। साधारण व्यापार करके इसे चुकाना मुश्किल है।

पन्नालाल : काम चलेगा तो कोई समस्या नहीं होगी। हम कंपनी के अधिकारी की बात का विश्वास कर एक महीने के अंदर काम शुरू हो जाने की उम्मीद कर सकते हैं। विलंब होने पर हम फँस जाएँगे। ब्याज और किस्त तो तत्काल शुरू हो जाएगी। सब ठीक से सोच-विचार लेना होगा।

माणिकलाल : आठ लाख का चार प्रतिशत अर्थात् हम तीनों को 32-32 हजार रुपए ब्याज के भरने होंगे।

हीरालाल : क्या फर्क पड़ता है पाँच लाख की कमाई में एक-दो लाख ब्याज और किस्त में दे देंगे। लोन हलका होता जाएगा। फिर भी लाखों रुपए बच जाएँगे।

पन्नालाल : ज्यादा सोचना-समझना नहीं है। कंपनी से बात करते हैं। फोन लगाओ।

सातवाँ दृश्य

नीलम कुमार : आपने पैसों का इंतजाम कर लिया। आपने आधी जंग जीत ली। आपके सितारे बुलंदी की ओर बढ़ने शुरू हो चुके हैं। आप पैसे जमा कीजिए। एक महीने के अंदर टैक्सी आ जाएगी। सौ टैक्सियों का ऑर्डर आ चुका है। डिलिवरी आने तक कंट्रोल रूम तैयार हो जाएगा। हमारी सर्विस शुरू हो जाएगी।

हीरालाल : हम प्राइवेट लोन ले रहे हैं। लेते के साथ ही ब्याज शुरू हो जाएगा।

नीलम कुमार : कोई बात नहीं। इसमें रिस्क है। लेकिन इनसान को आगे बढ़ने के लिए थोड़ा रिस्क, तो लेना पड़ता है। कहावत है कि नो रिस्क नो गेन।

हीरालाल : ...तो फिर आप ही बताइए कब पैसे जमा करने हैं?

नीलम कुमार : जब चाहें। पैसे जमा कीजिए और एक महीने इंतजार कीजिए। सब शुभ-शुभ होगा।

माणिकलाल : तो फिर तय रहा। कल जमा कर देंगे।

नीलम कुमार : ओके, विश यू गुड लक।

(तीनों हाथ मिलाते हैं और निकल जाते हैं।)

आठवाँ दृश्य

हीरालाल : तुम लोग सब कुछ अच्छी तरह सोच-विचार लो। इसके बाद आगे बढ़ो।

माणिकलाल : सोच लिया। समझ लिया। अधिकारी ने क्या कहा था··· नो रिस्क नो गेन। हम इसके लिए तैयार हैं।

पन्नालाल : तो फिर लोन के लिए फोन करो।

नौवाँ दृश्य

[लोन दिलानेवाला आदमी चेकों पर नजर डाल रहा है।]

आदमी : भाई, यह आठ-आठ लाख के चेक नहीं चलेंगे। चालीस-चालीस हजार के 20-20 चेक बनाने हैं। पानेवाले का कॉलम खाली रखना है। सिर्फ नीचे दस्तखत कर देना है। डेट नहीं डालना है। किस्त देते जाना। चेक वापस लेते जाना।

(तीनों चेकबुक के पन्ने पलटते हुए दस्तखत करने लगते हैं। फिर उसकी तरफ बढ़ाते हैं। वह सभी चेकों का निरीक्षण करता है। इसके बाद बैग खोलकर अखबार के कागज से बंधे तीन बंडल निकालकर उनकी तरफ बढ़ा देता है।)

आदमी : चेक कर लो। हर बंडल में आठ लाख हैं। आज 10 तारीख है। अगले महीने ठीक 10 तारीख को सूद की रकम तैयार रखना। मूल में देर हो कोई बात नहीं, लेकिन सूद में एक दिन भी देरी नहीं होनी चाहिए।

हीरालाल : ठीक है भाई। मूल सूद सब समय पर मिलेगा। आपकी मदद के लिए शुक्रिया।

आदमी : हम धंधा करने में हर किसी की मदद करते हैं। यही हमारा धंधा है।

(चेक समेटकर चला जाता है)

दसवाँ दृश्य

[कंपनी का ऑफिस]

नीलम कुमार : रकम पूरी है। हम आप लोगों का ऑर्डर आज ही भेज देते हैं। कंट्रोलरूम की तैयारी अंतिम चरण में है। अगले महीने टैक्सियाँ आ जाएँगी। हमारी सर्विस शुरू हो जाएगी।
तीनों थैंक्स कहते हैं, हाथ मिलाते हैं और चल देते हैं।

ग्यारहवाँ दृश्य

[तीनों अपने ठिकाने पर]

हीरालाल : अब तो एक महीने इंतजार करना है।

पन्नालाल : ड्रोन आने पर सबसे पहले हम खुद सवारी का मजा लेंगे।

हीरालाल : कभी हलवाई को अपनी मिठाई खाते देखा है?

पन्नालाल : नहीं।

हीरालाल : तो फिर अपने ड्रोन पर हम खुद सवारी क्यों करेंगे? मन करेगा तो किसी दूसरे के ड्रोन पर सवारी करेंगे।

माणिकलाल : यह कौन सी समस्या है हमारी कमाई इतनी होगी कि हम विमान पर यात्रा करेंगे। ट्रेन-व्रेन में चढ़ना भी हुआ तो बुलेट ट्रेन के नीचे पाँव नहीं रखेंगे।

हीरालाल : वह समय भी आएगा। इंतजार करो।

बारहवाँ दृश्य

[तीनों लोग अपने स्थान पर]

माणिक : पैसे जमा किए बीस दिन हो गए। दस दिन बाद कर्ज का

सूद देना होगा। पता करना चाहिए कि टैक्सी कब आ रही है।

पन्नालाल : फोन पर नहीं पता चलेगा। कंपनी के ऑफिस में चलकर पता करते हैं।

तेरहवाँ दृश्य

[कंपनी ऑफिस में]

हीरालाल : हमारी टैक्सी कब आ रही है सर, बीस दिन हो चुके आपने कहा था कि एक महीने में आ जाएगी।

नीलम कुमार : टैक्सियाँ तैयार हैं। हम चाहते थे कि उन्हें हवा में उड़ाते हुए ले आया जाए। प्रॉब्लम यह हो गया कि चीन, पाकिस्तान, बांग्लादेश, म्याँमार में से कोई भी अपने हवाई क्षेत्र से इतनी सारी ड्रोन टैक्सियों को लाने का परमीशन नहीं दे रहा है। ऐसे में समुद्री रास्ते से लाना पड़ रहा है। इसमें थोड़ा समय लग जाएगा।

हीरालाल : फिर भी कितना समय लगेगा?

नीलम कुमार : कम-से-कम एक महीना लेट हो जाएगा।

(तीनों के चेहरे उतर जाते हैं।)

नीलम कुमार : इत्मिनान रखिए। देर होगा, लेकिन दुरुस्त होगा। कोई प्रॉब्लम है, तो बताइए।

हीरालाल : अब आपसे क्या छुपाना। असल में हम लोगों ने अंडरवर्ल्ड बैंक से लोन लिया है। 10 तारीख को हमें कम-से-कम ब्याज की रकम भरनी होगी। 32-32 हजार। हमने सोचा था कि टैक्सी चलने लगेगी तो दे देंगे।

नीलम कुमार : सर्विस शुरू होने के बाद तो कोई दिक्कत होगी नहीं। अभी आप लोगों के पास कोई व्यवस्था नहीं है क्या?

हीरालाल : जी नहीं और उनका कहना है कि मूल की किस्त जब चाहे दें, सूद समय पर देना होगा।

नीलम कुमार : हूँ···आई सी। *(सोचने की मुद्रा)* एक काम हो सकता है। सूद पर कर्ज देनेवाला एक बंदा मेरा परिचित है। आप उससे कर्ज लेकर सूद की रकम चुका सकते हैं। बाद में यह सब खुदरा बकाया आराम से चुकता हो जाएगा।

हीरालाल : यही उपाय करा दीजिए। वे अंडरवर्ल्ड के खतरनाक लोग हैं। उन्होंने पहले ही कह दिया है कि एक दिन का विलंब भी नहीं होना चाहिए।

(नीलम कुमार मोबाइल पर नंबर डॉयल करते हुए वहाँ से निकल जाते हैं, फिर वापस लौटते हैं। कागज पर एक नंबर लिखकर देते हैं।)

नीलम प्रसाद : ये केतु साह का नंबर है। मैंने आप लोगों के बारे में बात कर ली है। इनको फोन कीजिए और पोस्ट डेटेड चेक देकर रुपए ले लीजिए। 32-32 हजार का अलग-अलग कर्ज लेने से बेहतर है कि आपमें से कोई एक आदमी एक लाख रुपए ले ले। बाद में आप लोग आपस में समझ लेंगे।

पन्नालाल : हीरालाल सर हममें सबसे बड़े हैं। उन्हीं के नाम पर पैसे उठाते हैं।

हीरालाल : नो प्रॉब्लम।

चौदहवाँ दृश्य

[तीनों अपने ठिकाने पर। उनके सामने एक 40 साल का व्यक्ति बैठा है।]

हीरालाल : सूद प्रतिमाह चार प्रतिशत ही होगा न?

केतु साह : यह किसने कह दिया आपसे? हमारे कर्ज का ब्याज दस प्रतिशत प्रतिमाह होगा।

हीरालाल : बाजार में तो चार प्रतिशत ही चलता है।

केतु साह : इसका कोई हार्ड फास्ट नियम नहीं है। हम कोई सरकारी या कॉर्पोरेट के बैंक थोड़े ही हैं। हमारे यहाँ डिमांड एंड सप्लाई का नियम चलता है हमें पता है कि आपको पैसों की सख्त जरूरत है। डिमांड ज्यादा है, इसलिए दस प्रतिशत पर सप्लाई होगा। मंजूर है तो बोलो वरना मैं चला।

पन्नालाल : आप तो नाराज हो गए। हम तैयार हैं। हीरालाल सर चेक दीजिए।

(हीरालाल चालीस-चालीस के दो और 20 हजार का एक चेक देते हैं। केतु साह बैग से नोटों का पैकेट निकालकर उनकी तरफ बढ़ाता है। केतु साह का प्रस्थान)

हीरालाल : छियानबे हजार मुख्य कर्ज के और सूद के कर्ज के दस हजार। अगले महीने एक लाख छह हजार सिर्फ सूद के देने होंगे। मूल अपनी जगह रहेगा।

माणिकलाल : कहीं हम किसी चक्रव्यूह में तो नहीं फँसने जा रहे हैं? ड्रोन आने में लेट हो रहा है और हम कर्ज में लदते जा रहे हैं।

पन्नालाल : अभी कुछ नहीं किया जा सकता। जो होना है होकर रहेगा। कोशिश करनी है कि जल्द से जल्द ड्रोन आएँ। हमारी कमाई शुरू हो।

पंद्रहवाँ दृश्य

[कंपनी के दफ्तर में]

नीलम कुमार : समुद्री तूफान के कारण हमारा जहाज फँसा हुआ है। मौसम ठीक होने पर रफ्तार पकड़ लेगा।

हीरालाल : हम तो ड्रोन टैक्सी के चक्कर में बुरी तरह फँस गए हैं। भारी-भरकम कर्ज ले रखा है। तीन महीने से सूद चुकाते जा रहे हैं। कर्ज की रकम बढ़ती जा रही है। टैक्सी सर्विस में और देर हुई तो हम बरबाद हो जाएँगे।

नीलम कुमार : धीरज रखिए, सब ठीक हो जाएगा।

सौलहवाँ दृश्य

[तीनों अपने ठिकाने पर।]

पन्नालाल : हम कर्ज ले-लेकर सूद भरते जा रहे हैं। अब हमें और कोई कर्ज नहीं देगा। ड्रोन टैक्सी का कुछ पता नहीं कब आएगा, कब चलेगा, कब हम इस जंजाल से बाहर निकलेंगे ?

हीरालाल : अगले महीने हम किसी तरह भी सूद नहीं दे पाएँगे। अच्छा होगा कि हम मोबाइल ऑफ कर दें और अंडरग्राउंड हो जाएँ।

माणिकलाल : इसके अलावा कोई चारा नहीं है। जब तक ड्रोन टैक्सी से कमाई नहीं शुरू होती हमें छुपकर रहना होगा। हम

मोबाइल तभी ऑन करेंगे जब किसी से बात करनी होगी।

पन्नालाल : कॉल डायवर्ट करके भी रख सकते हैं। अच्छा होगा कि हम किसी दूसरे शहर में चले जाएँ। बीच-बीच में नीलम कुमार को फोन कर पूछते रहेंगे कि टैक्सियाँ कब आ रही हैं।

हीरालाल : यह ठीक रहेगा। रात की गाड़ी से दिल्ली निकल चलते हैं।

(वे अपना सामान पैक करने लगते हैं। तभी कॉलबेल बजता है।)

हीरालाल : खिड़की से झाँककर देखो कहीं हमारे महाजन तो तगादा में नहीं आए हैं।

(पन्नालाल और माणिकलाल बाहर की टोह लेते हैं।)

पन्नालाल : उनमें से कोई नहीं है। दो अनजान आदमी हैं।

हीरालाल : ठीक है दरवाजा खोलकर अंदर बुला लाओ। देखते हैं कौन लोग हैं!

(दो लोग अंदर आकर उनसे हाथ मिलाते हैं और सामने की कुरसियों पर बैठ जाते हैं।)

एक व्यक्ति : मैं हनुमान प्रसाद और ये शंकर प्रसाद हम सीबीआई इंस्पेक्टर हैं।

हीरालाल : नमस्कार, हमारे पास किस सिलसिले में आना हुआ? हमने तो ऐसा कुछ नहीं किया कि सीबीआई के चक्कर में पड़ें।

हनुमान प्रसाद : किया है न? क्या आप तीनों लोगों ने ड्रोन टैक्सी नहीं बुक किया है?

हीरालाल : जी किया तो है, लेकिन यह कोई क्राइम तो नहीं है!

हनुमान प्रसाद : मैंने कब कहा कि आपने क्राइम किया है। आप क्रिमिनल नहीं हैं, लेकिन क्रिमिनल्स के जाल में फँसे हुए हैं। इंडियन ड्रोन टैक्सी सर्विस पूरी तरह फ्रॉड कंपनी है। ये अंडरवर्ल्ड के उस गिरोह के लोग हैं, जो गुंडा बैंक चलाते हैं या सूद पर कर्ज देते हैं। आप जैसे सैकड़ों लोग इनके जाल में फँसे हैं।

हीरालाल : हम तो बुरी तरह फँसे हैं। पता नहीं उनके पाए से छुटकारा कैसे मिलेगा ?

हनुमान प्रसाद : छुटकारा मिल चुका समझो। सीबीआई इनके पीछे लगी हुई थी। कल रात वे सारा पैसा समेटकर फरार होने की तैयारी में थे। हमने पूरे गिरोह को गिरफ्तार कर लिया है। सारा पैसा जब्त कर लिया है। अब आपके सर पर एक पैसे का भी कर्जा नहीं है।

(तीनों के चेहरे खिल उठते हैं।)

हीरालाल : यह तो कमाल हो गया। थैंक्स टू सीबीआई।

हनुमान प्रसाद : वेलकम…आप लोगों को सिर्फ इतना करना है कि सरकारी गवाह बन जाना है और मैजिस्ट्रेट के सामने अपना बयान रजिस्टर करा देना है।

तीनों एक साथ : हम तैयार हैं।

हनुमान प्रसाद : कल सुबह आप लोगों का बयान दर्ज होगा। अब आप लोग इस तरह के चक्कर में मत पड़िएगा।

तीनों : हम कान पकड़ते हैं, अब कभी इस तरह के झाँसे में नहीं आँएगे। जान बची तो लाखों पाए।

(परदा गिरता है)

□

पांचाली

पहला दृश्य

[टी-शर्ट और ट्राउजर पहने रमन टेबल पर चार लैपटॉप खोलकर बैठा हुआ है। हर लैपटॉप के सामने एक मोबाइल रखा हुआ है। वह अलग-अलग मोबाइलों पर बात करने की मुद्रा प्रदर्शित करता है और एक-एक कर लैपटॉप पर उँगलिया चला रहा है। तभी उसकी पत्नी रेणु चाय का प्याला टेबल पर रख जाती है और पुराना कप उठाती है।]

रेणु : किस दुनिया में खोए हो? चाय पड़े-पड़े ठंडी हो गई। ऊपर पपड़ी जम गई है। मतलब एक घूँट भी नहीं पी। नहीं पीना था, तो क्यों परेशान किया?

रमन : गुस्सा नहीं करने का। इतना सारा काम है कि ध्यान नहीं रहा। इसी को फिर से गरम करके ले आना था।

रेणु : पहले देखा होता तो यही करती। मेरा काम बस यही रह गया है कि आप ठंडा करते रहो और मैं गरम करके लाती रहूँ। मुझको और कोई काम तो है ही नहीं।

युवक : गुस्सा नहीं करने का···जो कर रहा हूँ तुम्हीं लोगों के लिए कर रहा हूँ न?

(तभी कॉलबेल बजती है। महिला दरवाजा खोलने का स्वांग करती है। पंकज स्टेज पर आता है)

दूसरा दृश्य

पंकज : अरे भाई रमन, कितना काम आ पड़ा है कि चार-चार लैपटॉप पर करना पड़ रहा है?

रमन : अरे पंकज···तुम? बैठो···लो चाय पियो।

पंकज : तुम्हारी चाय पर हाथ साफ नहीं करूँगा। भाभीजी मेरे लिए अलग से ताजा बनाकर लाएँगी। मलाई मार के। तुम्हें डिस्टर्ब तो नहीं किया?

रमन : अरे नहीं यार···काम भी करता रहूँगा, बात भी होती रहेगी।···और बताओ अचानक कैसे···एक फोन तो कर लिया होता।

पंकज : आज छुट्टी ले रखी है। थोड़ा रिलैक्स मूड में था। तुमसे मिलने का मन हुआ सो चला आया। फोन क्यों करता? तुम्हारा घर है ही कितना दूर? सबको पता है कि अभी वर्क फ्रॉम होम चल रहा है, तो हर कोई घर पर मिल जाएगा। इसीलिए फोन नहीं किया। लेकिन ये चार-चार लैपटॉप का माजरा क्या है?

रमन : कुछ नहीं यार, तुमसे क्या छुपाना। अपनी कंपनी की नौकरी बजा रहा हूँ और तीन कंपनियों के लिए आउटसोर्सिंग कर रहा हूँ। काम मिल रहा है तो छोड़ें क्यों? कई कंपनियों के कर्मचारी कोरोना पीड़ित हो गए हैं। कुछ फर्जी सर्टिफिकेट बनवाकर छुट्टी पर चले गए हैं। इसलिए वे आउटसोर्स के लिए बंदे तलाश रहे हैं। अच्छे पैसे दे रहे हैं। आईटी कंपनी की नौकरी है। वर्क फ्रॉम होम का कुछ तो फायदा उठाना चाहिए। बोलो तो तुम्हारे लिए भी कुछ जुगाड़ कर दूँ।

पंकज : भाई, तुम्हारे अंदर स्टैमिना है, तभी फोर इन वन बने हुए हो। अर्थात् बाय वन, गेट फोर। पे मोर। मेरे पास वह

स्टैमिना नहीं है। मेरी तो एक दफ्तर का काम करने में हवा छूट जाती है।

(रमन ठहाका लगाता है।)

रमन : ऊर्जा है, तो उसका इस्तेमाल किया जाना चाहिए। ऑफिस जाकर काम करना होता तो यह कभी नहीं हो पाता। दो घंटे तो आने-जाने में निकल जाते बाकी कुछ घंटे गप लड़ाने में। ऑफिस में ज्यादा काम नहीं हो पाता। भला हो कोरोना काल का जिसने वर्क फ्रॉम होम के प्रचलन को तेज कर दिया। आराम से घर पर रहो और रिलैक्स होकर काम करो। कंपनी को आउटपुट से मतलब है। बचत भी हो रही है। कंपनी का बिजली और रिफ्रेशमेंट का खर्च बच रहा है। बॉस लोगों का पेट्रोल बच रहा है और हमारा बस, मेट्रो का भाड़ा। बचत ही बचत।

पंकज : बॉस को पता चलेगा कि नौकरी के साथ आउटसोर्सिंग भी कर रहे हो तो क्या होगा?

रमन : नाराज होंगे, लेकिन उन्हें फर्क क्या पड़ता है। काम तो हो ही रहा है।

पंकज : तो फिर बॉस को बता क्यों नहीं देते?

रमन : समय आने पर बता दूँगा। जब तक सेक्रेसी है, बनी रहे।

(रेणु ट्रे में दो कप चाय और एक प्लेट में कुछ स्नैक्स लाकर रख जाती है। दोनों चाय पीने लगते हैं। पंकज बात करता रहता है। रमन हाँ``हूँ कहकर अपने काम में लगा रहता है। चाय पीकर कुछ देर इसी तरह संवाद के बाद पंकज उठकर खड़ा हो जाता है।)

पंकज : सॉरी रमन भाई, काम के समय डिस्टर्ब कर दिया। चलता हूँ।

रमन : जानेवाले को कौन रोक पाया है, गुड बाय।

(पंकज बाहर निकल जाता है।)

तीसरा दृश्य

रमन : अरे रेणु···पंकज अचानक आ गया। इस तरह कोई भी आ सकता है। जो नहीं देखना चाहिए देख सकता है। मेरे पास इतना समय नहीं था कि काम सगेट सकूँ। खैर, अपना आदमी है। कोई बात नहीं। लेकिन ड्राइंगरूम काम करने के लिए सही जगह नहीं है। चार खुले लैपटॉप देखकर कोई भी हैरान हो जाएगा। ऐसा करो कि कल से मेरा टेबल बेडरूम में लगा देना। चाहे इनसान आए या भगवान्, कोई भी आए तो कह देना कि मैं ऑनलाइन मीटिंग में हूँ। पाँच-दस मिनट में आऊँगा। थोड़ा इंतजार करने को कहना। इस बीच चाय-वाय पिला देना। मैं काम रोक दूँगा।

रेणु : ठीक है, मेरा तो पूरा दिन चाय और नाश्ता-खाना बनाते गुजर जाता है। क्यों न चाय और खाना-पीना भी आउटसोर्स कर लिया जाए?

रमन : किया जा सकता है। लेकिन कभी-कभार। बाहर का खाना ज्यादा स्पाइसी होता है। इसलिए नुकसान करता है। यह बात पैसे बचाने के लिए नहीं कह रहा हूँ। एक आउटसोर्स की आमदनी घर के आउटसोर्स में खर्च की जा सकती है। लेकिन हमारे स्वास्थ्य का क्या होगा? तुम्हारा शगल क्या रहेगा? बैठे-बैठे बोर हो जाओगी।

रेणु : डिजिटल युग में बोरियत कैसी? सब डिजिटल हैं, तो मैं भी हो जाऊँगी। सब ऑनलाइन हैं। पप्पू और नेहा की पढ़ाई ऑनलाइन। तुम्हारा ऑफिस ऑनलाइन···पूरे घर

में सिर्फ मैं ऑफलाइन हूँ। सबकी सेवा में तैनात। अब मैं भी अपने मोबाइल पर गेम खेलूँगी। वीडियो देखूँगी। वाई-फाई का आनंद उठाऊँगी। जो जी में आएगा करूँगी। कुछ न कुछ करती रहूँगी, लेकिन प्रेशर नहीं रहेगा न...।

रमन : मैंने कब कहा कि प्रेशर में रहो। जब मरजी हो ऑनलाइन खाना मँगा लो, लेकिन कम-से-कम एक शाम तो घर का खाना खिलाओ।

(अंदर से नेहा की आवाज आती है)

नेहा : थोड़ा धीरे लड़ाई कीजिए आप लोग। हमारा क्लास चल रहा है। हमारा चॉकलेट ऑफलाइन लाइएगा कि ऑनलाइन यह भी डिसाइड कर लीजिए।

रमन : चॉकलेट स्वास्थ्य के लिए हानिकारक होता है। दाँत सड़ जाते हैं। उसे लाइन से ही ऑफ कर दें तो कैसा रहेगा?

पप्पू : कभी-कभी चॉकलेट खाना हेल्थ के लिए अच्छा होता है। डॉक्टर अंकल ने कहा था न? जिस दिन चॉकलेट नहीं आएगा, आइसक्रीम से काम चला लेंगे।

रमन : चलो ठीक है। अभी तुम्हारी मम्मी आउटसोर्स कर रही हैं, तो जो भी आएगा ऑनलाइन ही आ जाएगा।

रेणु : मंजूर है। लेकिन औरत हूँ। हमेशा आउटसोर्स करने का मन नहीं मानेगा। मध्यमवर्ग की घरेलू महिला कोल्हू के बैल की तरह होती है। सुबह से शाम तक एक धुरी पर घूमते रहना होता है। मैं भी कोल्हू की बैल हूँ। फिर भी अब हरी झंडी मिल गई तो जब बनाने का मन नहीं करेगा, मँगा लूँगी।

चौथा दृश्य

[कंपनी के सीईओ रोहन कपूर अपने आवासीय कार्यालय में बैठे फोन पर बात कर रहे हैं।]

रोहन कपूर : एमडी सर, मैंने मैनपावर कम करने का पूरा इंतजाम कर लिया है। कम से कम 30 प्रतिशत लोगों को नौकरी से हटा रहा हूँ।

एमडी : गुड'''लेकिन छँटनी करने पर हंगामा नहीं होगा क्या, आखिर क्या आरोप लगा के हटाएँगे?

रोहन कपूर : सर, हमें पता चला है कि वर्क फ्रॉम होम के बहाने हमारे बहुत से कर्मचारी चोरी-छुपे दूसरी कंपनियों के लिए काम कर रहे हैं। हमने एक इंटर्नल विजिलेंस कमेटी बनाकर सबकी जाँच करा ली है। उनके खिलाफ सारे सबूत जुटा लिए हैं। पूरी लिस्ट तैयार है। बस सबूत दिखाकर पूछना है कि टर्मिनेट करूँ या इस्तीफा दोगे। कोई भी कर्मचारी टर्मिनेट होकर अपना कॅरियर खराब नहीं करना चाहेगा। खुशी-खुशी इस्तीफा दे देगा। कोई मुआवजा भी नहीं देना होगा।

एमडी : एक्सीलेंट'''। कब करेंगे यह काम?

रोहन : लॉकडाउन हटते ही एक-एक कर छुट्टी करता चला जाऊँगा।

एमडी : ठीक है। काम करके रिपोर्ट कीजिए। लॉकडाउन में काम तो हुआ है, लेकिन इसी बहाने खर्च में कटौती की जा सकती है।

रोहन : वर्क फ्रॉम होम से काफी बचत हो रही है, लेकिन और बचत की गुंजाइश है। इसीलिए तो यह सब किया। आँख

और कान खुले रखने पर हर समस्या का हल निकल आता है।

एमडी : ठीक है, कटौती करने के बाद रिपोर्ट करना। वैसे विजिलेंस कमेटी में कितने बंदों को लगाया था?

रोहन : बीस लोगों की टीम बनाई थी। उन्हें हिडेन कैमरा और ऑडियो रिकॉर्डर दे रखा था।

एमडी : ठीक है, मैनपावर कटौती करने के बाद उन्हें इंक्रीमेंट और प्रमोशन दे देना।

रोहन : यह सही रहेगा सर, उनका हौसला बढ़ेगा।

पाँचवाँ दृश्य

[रमन अपने कमरे में चारों लैपटॉप खोलकर बैठा काम कर रहा है, तभी ऑफिस के फोन की घंटी बजती है। वह उठाता है।]

रोहन कपूर : क्या हाल है मिस्टर रमन?

रमन : जी···जय हिंद सर! काम निपटा रहा हूँ। शाम तक टास्क पूरा हो जाएगा।

रोहन : वीडियो कॉल करो।

रमन : सर, यहाँ नेटवर्क सही नहीं आता है।

रोहन : मैं कर रहा हूँ रिसीव करो।

(रमन जल्दी-जल्दी तीन लैपटॉप बिना लॉग आउट किए टेबल से हटा देता है। तब तक फोन बजता है।)

रमन : यस सर!

रोहन : वर्क फ्रॉम होम होने का मतलब टी-शर्ट और ट्राउजर पहनकर काम करना होता है क्या? ऑफिस टाइम पर नहा-धोकर प्रॉपर ड्रेस पहनकर काम करना चाहिए।

रमन : सॉरी सर, एग्री सर, कल से यही करूँगा।

रोहन : अब सिर्फ रात का लॉकडाउन लग रहा है। दिन में कोई प्रॉब्लम नहीं है। कल सुबह में मेरे घर आकर मिलो।

रमन : ओके सर! मैं दस बजे तक आ जाऊँगा।

छठा दृश्य

[सीईओ को आवासीय कार्यालय में]

सीईओ : मिस्टर रमन···तुम्हारे खिलाफ शिकायत मिली है कि तुम दूसरी कंपनियों के लिए काम कर रहे हो।

रमन : किसी ने झूठी शिकायत की होगी।

सीईओ : झूठी नहीं, सबूत के साथ। तुम्हारा वीडियो भी है और ऑडियो भी। देखना चाहोगे?

रमन : सॉरी सर···कुछ परिचित कंपनियों के पर्सनल रिक्वेस्ट पर थोड़ी बहुत आउटसोर्सिंग कर लेता हूँ, सर! लेकिन अपनी कंपनी का काम पूरा करने के बाद।

रोहन : कई कंपनियों के काम करने वाले को क्या कहते हैं पता है? उसे पांचाली कहते हैं। पाँच पतियों की साझा पत्नी। समझे। हमारी कंपनी इतना पैकेज इसलिए देती है ताकि उसका ट्रेड सेक्रेट लीक न हो। जब कर्मचारी पांचाली बन जाए तो ट्रेड सेक्रेट लीक होने का खतरा बढ़ जाता है।

रमन : मैंने कोई सेक्रेसी लीक नहीं की है।

रोहन : लेकिन हम रिस्क नहीं ले सकते। एमडी साहब तक सबूत पहुँच चुके हैं। अब बताओ···तुम रिजाइन करना पसंद करोगे या टर्मिनेट होना?

रमन : सर···गलती हो गई माफ कर दीजिए।

रोहन : उसका समय निकल चुका है। अब कुछ नहीं हो सकता। तुम काबिल आदमी हो। जिस तरह और कंपनियों के लिए आउटसोर्सिंग करते हो, अपनी कंपनी के लिए भी करो। मैं काम देने का वादा कर सकता हूँ। बाकी मेरे हाथ में नहीं है। एमडी साहब का सख्त आदेश है।

रमन : सर, कोई भी टर्मिनेट नहीं होना चाहेगा, मैं रिजाइन करता हूँ। घर पहुँचकर मेल कर दूँगा।

सीईओ : यहाँ डेस्कटॉप है न? अपना मेल आईडी खोलो और रिजाइनेशन लिखकर मेल कर दो।

(रमन सीईओ का डेस्कटॉप खोलकर बैठ जाता है।)

रमन : रिजाइन कर दिया सर। अब जा सकता हूँ?

सीईओ : अरे, चाय-वाय पीकर जाना। मिलते रहना।

सातवाँ दृश्य

[पंकज के घर पर रमन''पंकज के चेहरे पर मक्कारी झलक रही है।]

रमन : मैंने कभी सपने में भी नहीं सोचा था कि मेरा सबसे करीबी दोस्त ही मेरा स्टिंग ऑपरेशन करेगा।

पंकज : सॉरी यार, सीईओ का आदेश था। क्या करता'''। मुझे दस लोगों के स्टिंग की जिम्मेवारी मिली थी। करना पड़ा। आज के समय में आगे बढ़ने के लिए कुछ न कुछ करना होता है।

रमन : दोस्तो से गद्दारी का कुछ इनाम तो मिला होगा।

पंकज : तुमसे क्या छुपाना। इंक्रीमेंट और प्रमोशन मिला है।

रमन : मुबारक हो।

पंकज : मैं दूसरी कंपनी में तुम्हारे लिए बात करूँ?

रमन : मेरी चिंता मत करो। अपनी कामयाबी का जश्न मनाओ। तुम्हें पता है कि मेरे कॉन्टैक्स तुमसे ज्यादा मजबूत हैं। आउटसोर्सिंग का काम ला सकता हूँ, तो नौकरी भी तलाश सकता हूँ।

आठवाँ दृश्य

[एमडी के सामने सीईओ बैठा हुआ है।]

एमडी : कांग्रेच्युलेशन···कोई हंगामा नहीं हुआ और तीस फीसदी मैनपावर कम हो गया। यू आर जीनियस।

सीईओ : थैंक यू सर···कंपनी के हित को देखना मेरी ड्यूटी है।

एमडी : लेकिन अभी हम अपने मैनपावर में दस प्रतिशत की और कटौती कर सकते हैं?

सीईओ : वह कैसे सर?

एमडी : अब विजिलेंस कमेटी के बीस लोगों से वही सवाल पूछो कि टर्मिनेट होना चाहते हैं या रिजाइन करना?

सीईओ : लेकिन ऐसा क्यों सर? उन लोगों ने तो कंपनी के हित में काम किया। उनकी विशेष सेवा के लिए उनको प्रमोशन और इंक्रीमेंट दिया गया।

एमडी : यह उस समय जरूरी था, लेकिन जो रात-दिन साथ रहने वाले अपने सहकर्मियों को धोखा दे सकते हैं, उनके साथ गद्दारी कर सकते हैं, वे हमारे सगे भी नहीं हो सकते। हमारी कंपीटीटर कंपनी कभी भी प्रलोभन देकर हमारे खिलाफ इस्तेमाल कर सकती है। पहले जिनसे रिजाइनेशन लिया गया, उन्होंने सिर्फ आउटसोर्सिंग की थी। हमारी कंपनी के खिलाफ कोई

काम नहीं किया था। लेकिन ये लोग सचमुच खतरा बन सकते हैं। इन पर भरोसा नहीं किया जा सकता। हम रिस्क नहीं ले सकते। उन्हें नौकरी से निकालना जरूरी है।

सीईओ : ओके सर'''एज यू लाइक।

(परदा गिरता है।)

□

तीन तिलंगे

पहला दृश्य

[मंच पर मद्धिम रौशनी फैली हुई है। सूत्रधार नमस्कार करता है।]

सूत्रधार : दोस्तो! आपको पता है कि पैसे हवा में उड़ते हैं, पूँजी बढ़ने पर आती है, तो आँधी-तूफान की तरह बढ़ती चली जाती है। पूँजी से पूँजी बनती है। पूँजी सिर्फ हरे-हरे नोटों की शक्ल में नहीं होती। उसके कई रूप होते हैं। सबसे बड़ी पूँजी यूनिक आइडिया होती है। आइडिया यूनिक हो और उसके साथ अवसर का मेल हो जाए तो कोई स्क्रैप का धंधा करते-करते टाटा बन जाता है। तंबाकू बेचते-बेचते ओनासिस बन जाता है। आइडिया यूनिक हो तो अमली जामा पहनाने के लिए विश्व बैंक तक फंडिंग को तैयार हो जाता है। हमारे शहर में तीन तिलंगे हीरा, माणिक और पुखराज इसी तरह के किसी यूनिक आइडिया की तलाश में लगे हैं। वे रोज चिंतन करते हैं और आपस में बैठकर आइडिया शेयर करते हैं। अभी भी देखिए आइडिया शेयरिंग में लगे हुए हैं।

दूसरा दृश्य

[सूत्रधार चला जाता है। स्टेज पर अँधेरा होता है फिर रोशनी आती है, तो एक टेबल के तीन तरफ कुरसियों पर हीरा, माणिक और पुखराज बैठे हैं।]

हीरा : सोच लिया…यह आइडिया, एकदम क्लिक करेगा!

माणिक : कौन सा आइडिया कुछ बताओ तो सही।

पुखराज : आइडिया वही जिस पर जनता धन लुटाए और पूरी दुनिया हैरान रह जाए। विश्व बैंक सुनते ही मंजूरी दे दे।

हीरा : पहले सुन तो लो। पता चलता है कि मंगल ग्रह पर कभी जीवन था। बाद में वीरान हो गया। फिर भी हम धरती पर जंगल में मंगल मनाते हैं। क्यों न हम मंगल में जंगल उगाने का प्रोजेक्ट बनाएँ। मंगल में चालीस फीसदी जंगल उगा लें तो साठ फीसदी पर जीवन वापस लौट आएगा।

माणिक : आइडिया जबरदस्त है। क्लिक करने वाला है। लेकिन यह होगा कैसे? मंगल पर पानी के निशान मिले हैं, लेकिन उसके स्रोत का पता नहीं चला है। दूसरी बात यह कि नासा, इसरो जैसी किसी स्पेस एजेंसी के सहयोग के बिना यह कैसे संभव होगा! हम कोई हनुमान तो नहीं हैं कि उड़कर मंगल पर पहुँच जाएँ और इंद्र को बारिश कराने का आदेश दे दें। कोई स्पेस एजेंसी तैयार हो जाए। तभी इस प्रोजेक्ट की गाड़ी स्टार्ट होगी। तभी दुनिया के अमीर देशों का इस तरफ ध्यान जाएगा। तभी विश्व बैंक भी धन देने को तैयार होगा।

पुखराज : कोशिश करने में क्या हर्ज है। दुनिया की तमाम स्पेस एजेंसियों को तमाम राष्ट्राध्यक्षों को यह आइडिया

भेजा जाए। उनका रेस्पांस आने तक मंगल में जंगल मिशन का पूरा प्रोजेक्ट तैयार कर लिया जाए। जहाँ-जहाँ से मंजूरी मिले वहाँ-वहाँ प्रोजेक्ट रिपोर्ट भेजकर इंप्लीमेंटेशन का खाका तैयार किया जाए। बात बन गई, तो हमारी पौ बारह। नहीं भी बनी तो हमारी जेब से क्या जाएगा? थोड़ा बहुत खर्च होगा, तो हम उसमें सक्षम हैं।

हीरा : अब ज्यादा मीन-मेख नहीं निकाला जाए। बस आइडिया भेजकर प्रोजेक्ट तैयार कराया जाए।

तीसरा दृश्य

[स्टेज पर अँधेरा छा जाता है। फिर रोशनी वापस आती है। तीन तिलंगे अपनी जगह बैठे दिखाई देते हैं।]

हीरा : रेस्पांस अच्छा है। इसरो और नासा के साथ कई स्पेस एजेंसियों ने हमारे मिशन को मंजूरी दे दी है। उनकी मंजूरी के बाद वर्ल्ड बैंक भी फंड देने को तैयार हो गया है। लगातार मेल और फोन आ रहे हैं। कई देश मिशन में साझेदारी को लालायित हैं। अब वहाँ पानी की खोज भी होगी और आर्टिफिशियल बादलों के जरिए बारिश भी कराई जाएगी। हम धरती से पेड़-पौधे ले जाकर मंगल में जंगल उगाएँगे। चालीस प्रतिशत जंगल होगा और साठ प्रतिशत पर टाउनशिप बसेगा। जो देश मिशन में साथ रहेंगे पूरी ईमानदारी के साथ साठ प्रतिशत जमीन उनके बीच बाँट दी जाएगी। कहते हैं न कोशिश करने वालों की कभी हार नहीं होती। हम जीत की ओर बढ़ रहे हैं।

माणिक : डर इस बात का है कि कहीं चीन वहाँ की जमीन पर धावा न बोल दे। वह विस्तारवादी देश है। उसे अपनी आबादी के लिए जमीन चाहिए।

पुखराज : चीन मिशन में साथ है। उसका जो हिस्सा बनेगा, मिलेगा। ज्यादा उछल-कूद करेगा, तो उस पर नकेल कसने के लिए यूक्रेन और नाटो काफी हैं। टाउनशिप की जमीन की लूट बिल्कुल नहीं होगी। वह यूएनओ की देख-रेख में बँटेगी। लेकिन हमको क्या मिलेगा?

हीरा : इसके बारे में सोच लिया है। मंगल में जंगल का आइडिया हमारा है। जंगल उगाने की जिम्मेदारी हमारी रहेगी। बाकी लोग हमारी मदद करेंगे। मंगल के चालीस फीसदी जंगलवाले हिस्से पर हमारा अधिकार होगा। हम पेड़ उगाएँगे। वन्य जीवों को बसाने का काम हम करेंगे, टाउनशिप डेवलप करने का काम दुनिया के देशों की सरकारें करेंगी। उसमें भी हमें हिस्सा मिलेगा, लेकिन हम कोई डिमांड नहीं करेंगे। उसमें दखल नहीं देंगे। हमारी कमाई जंगल से होगी।

माणिक : जंगल से···वह कैसे? फल, फूल, दतवन और लकड़ी बेचकर?

हीरा : बिल्कुल नहीं। हम मानव समाज को एक ऑफर देंगे। जो चाहे अपने पूर्वजों के नाम पर पेड़ लगवाए और उन्हें अमर बनाए। पेड़ पर उनके पूर्वज के नाम की तख्ती लगेगी। प्रति पेड़ सौ डॉलर का रेट रखेंगे। लाखों करोड़ पेड़ लगेंगे। कितना धन हमारे पास आएगा, सोचकर देखो!

पुखराज : क्या दिमाग पाया है, आपने। वाह! तो फिर देर किस बात की इंटरनेट पर इसका ऑफर जारी कर बुकिंग शुरू कर दी जाए।

चौथा दृश्य

[स्टेज पर अँधेरा हो जाता है फिर रोशनी वापस आ जाती है।]

सूत्रधार : इस युग में अपने पूर्वजों की चिंता यूरोप और अमरीका के लोग नहीं करते। वे सिर्फ अपनी चिंता करते हैं। पूर्वजों की चिंता भारत के लोगों को रहती है। कुछ एशियाई देशों में भी यह चिंता देखी जाती है। अब देखिए तीन तिलंगों के ऑफर का क्या हुआ।

पाँचवाँ दृश्य

[अँधेरा होता है, रोशनी वापस आती है, तो तीन तिलंगे कुरसियों पर विराजमान दिखते हैं। हीरा मोबाइल स्क्रीन पर आँख गाड़े हुए है।]

हीरा : ज्यादातर प्रस्ताव भारत से आए हैं। कुछ लोगों ने बुकिंग एमाउंट खाते में डाल भी दिया है। बाकी लोग रिबेट चाहते हैं। विदेशों में इस ऑफर पर खास रेस्पांस नहीं है। क्या किया जाए?

माणिक : जहाँ रेस्पांस है, वहीं ध्यान लगाया जाए। मेरे विचार में कुछ स्कीम निकाली जाए। एक पुरखे की बुकिंग पर दूसरे पुरखे की फ्री। तीन महीने के अंदर बुकिंग कराने पर पचास फीसद की छूट। इसी तरह की स्कीम।

पुखराज : इससे बुकिंग में तेजी तो आएगी, लेकिन हमारे लाभ का प्रतिशत घट जाएगा…।

हीरा : क्या फर्क पड़ेगा। एक पौधा मुश्किल से दस रुपए में आएगा। बादल, बारिश वगैरह में प्रति पेड़ दस रुपए। देख-रेख में भी 10 रुपए मान लो। डॉलर की बात छोड़ो प्रति पेड़ सत्तर भारतीय रुपए भी बचे तो हम अंबानी,

अडानी से टक्कर लेने की हालत में आ जाएँगे। ज्यादा लालच करेंगे तो ईडी, सीबीआई के चक्कर में फँस जाएँगे। संतोषं परं सुखम्। लालच बुरी बलाय।

छठा दृश्य

[अँधेरा होता है फिर रोशनी आती है।]

सूत्रधार : भारत वह देश है, जहाँ लोग बालू से तेल निकालने की कला जानते हैं। लहर गिनकर कमाई करने का हुनर रखते हैं। बैठे-बैठे तीन तिलंगों ने दुनिया के सबसे अमीर लोगों में नाम दर्ज कराने की तैयारी कर ली। अब आगे देखिए क्या होता है।

सातवाँ दृश्य

[अँधेरा होता है, रोशनी आती है।]

[तीन तिलंगे कुरसियों पर विराजमान हैं। हीरा मोबाइल पर बात कर रहा होता है।]

हीरा : आप हमारे ऑफिस में आ जाइए। आमने-सामने बैठकर बात होगी।

माणिक : क्या हुआ सर?

हीरा : एक आदमी का फोन था। उसका कहना है कि वह लोगों को बुकिंग के लिए प्रेरित करेगा, लेकिन उसको प्रति बुकिंग कमीशन चाहिए।

पुखराज : हर्ज क्या है। इसकी एक पॉलिसी बना लेनी चाहिए। हमें तो जल्द से जल्द ज्यादा से ज्यादा बुकिंग से मतलब है।

आठवाँ दृश्य

[अँधेरा होता है। रोशनी होती है। सूत्रधार प्रकट होता है।]

सूत्रधार : दुनिया का कोई भी सौदा दलाली के बिना संपन्न नहीं होता। चाहे रक्षा का सौदा हो चाहे जीवन की जरूरियात का। दलाल वह जीव होता है, जो दोनों पक्षों के हितों का ध्यान रखता है और अपनी गोटी भी लाल रखता है।''तो मंगल में जंगल मिशन में भी दलाल शामिल होने लगे। देखिए आगे क्या होता है।

नौवाँ दृश्य

[अँधेरा''रोशनी]

[तीन तिलंगों के सामने एक व्यक्ति बैठा हुआ है।]

हीरा : हमने प्रति बुकिंग दस फीसदी कमीशन तय किया हुआ है। बीस बुकिंग पर पंद्रह प्रतिशत उससे ज्यादा होने पर बीस प्रतिशत।

व्यक्ति : नकद मिलेगा या डीबीटी के जरिए।

हीरा : नकद बुकिंग पर नकद। यूपीआई बुकिंग पर डीबीटी। बुकिंग अमाउंट आते ही कमीशन का तत्काल भुगतान। बहुत स्कोप है। जितनी मेहनत करोगे उतना कमाओगे। कुछ और काम करने की जरूरत नहीं पड़ेगी।

व्यक्ति : सही है। अभी दस बुकिंग का डिटेल व्हाट्सएप पर डाल रहा हूँ। शाम तक इसका अमाउंट ट्रांसफर हो जाएगा।

पन्ना : बहुत अच्छे''लगे रहो। तरक्की करोगे।

दसवाँ दृश्य

सूत्रधार : ऊपरवाला जब देता है तो छप्पर फाड़कर देता है। अभी मंगल पर एजेंसियों का काम शुरू भी नहीं हुआ और तीन तिलंगों के पास पेड़ लगाने की बुकिंग शुरू हो गई। उनके एजेंट चारों तरफ फैलकर लोगों को इसके लिए प्रेरित करने लगे। जंगल विभाग उन्हें मुफ्त में पौधे देने को तैयार था और वे आम लोगों का भावनात्मक शोषण कर धन बटोरने में लगे हुए थे। लेकिन कुछ आँखें थीं, जो सब कुछ देख रही थीं।

ग्यारहवाँ दृश्य

[हीरा मोबाइल पर बात कर रहा है⋯]

हीरा : कौन बोल रहा है⋯कहिए क्या खिदमत करूँ?

(दूसरी तरफ से आवाज आती है)

आवाज : मंगल पर जंगल मिशन में जो कमाई कर रहे हो, उसमें हमारा हिस्सा भी बनता है।

हीरा : किस बात का हिस्सा?

आवाज : प्रोटेक्शन मनी बिरादर⋯प्रोटेक्शन मनी। हम दुबई में बैठे हैं, लेकिन हमारे लड़के तुम्हारे आसपास मौजूद हैं। इधर से सिग्नल दूँगा, तो उधर तुम्हारा गेम बज जाएगा।

हीरा : क्या चाहते हो?

आवाज : फिलहाल पाँच सौ करोड़ डॉलर। इसके बाद पर बुकिंग टेन परसेंट।

हीरा : सोचने का समय चाहिए।

आवाज : दिए…पूरे चौबीस घंटे दिए…इससे ज्यादा सोचना सेहत के लिए नुकसानदेह होगा। कल इसी समय याद करूँगा।

(हीरा ने फोन कट किया। फिर फोन बजा)

हीरा : कौन?

आवाज : हम इनकम टैक्स विभाग से बोल रहे हैं। आप लोगों ने रिटर्न नहीं भरा। तत्काल भरिए। इससे पहले कि हम छापा मारें आकर मिल लीजिए।

हीरा : जी…आपस में मामला सुलझ जाए तो अच्छा है।

(हीरा ने फोन रखा ही था कि फिर बज उठा।)

हीरा : हलो…कौन?

आवाज : ईडी के दफ्तर से बोल रहा हूँ। हमें पता चला है कि आपने मंगल पर पेड़ लगाने के नाम पर विदेशी धन प्राप्त किया है। पूरे ब्योरे के साथ हमारे दफ्तर में आ जाइए।

(तीनों तिलंगे एक-दूसरे की तरफ देखते हैं।)

हीरा : मित्रो! पैसा कमाना आसान है, लेकिन उसे पचाना आसान नहीं है। गुड़ आने के साथ ही चींटियाँ लगने लगती हैं। दुनिया का सबसे अमीर बनने के चक्कर में हम सबसे बड़े भिखारी बनकर रह जाएँगे।

माणिक : बाई द वे, अभी तक कितना अमाउंट आया है?

हीरा : दस लाख करोड़ आ चुका है।

माणिक : काफी है। मिशन-विशन छोड़ो। इसे एजेंसियाँ पूरा कर लेंगी। बस पैसे समेटो और उड़ान मार दो।

माणिक : राइट डिसीजन।

बारहवाँ दृश्य

सूत्रधार : इसके बाद तीन तिलंगे कहाँ गए किसी को पता नहीं चला। दुबई के डॉन से लेकर ईडी, इंकम टैक्स अधिकारी तक उनकी तलाश कर रहे हैं। एजेंट परेशान हैं। पूर्वजों के नाम पेड़ लगवानेवाले खुद को ठगा महसूस कर रहे हैं। स्पेस एजेंसियाँ जंगल उगाने का कांट्रैक्ट किसी दूसरी एजेंसी को देने का निर्णय ले चुकी हैं।

□

रूमानी अदालत

पहला दृश्य

सूत्रधार : प्यार-मोहब्बत के दुश्मन सावधान हो जाएँ। अब प्यार भरे दिलों के रास्ते में रोड़े अटकाना महँगा पड़ेगा। संगमरमर की वह देवी, जो आँखों में पट्टी बाँधे, हाथ में तराजू लिए सबको न्याय दिलाने का भरोसा जताती है, बाबा साहब भीमराव आंबेडकर की आदमकद मूर्ति जो हर पीड़ित को कोर्ट की शरण में जाने का इशारा करती है, अब रोमांस की दुनिया के किरदारों को न्याय दिलाने का काम करेंगे। आज हलके-फुलके विवाद के कारण प्रेमी-प्रेमिका के बीच अफेयर और ब्रेक-अप चलता रहता है। वे भागकर अपना घर-बार बसाने की कोशिश करते हैं तो प्रेमी पर अपहरण का आरोप लग जाता है। कारण यह है कि अभी तक सिविल, क्रिमिनल, परिवार, उपभोक्ता सबके लिए अदालतें रही हैं। लेकिन प्यार-मुहब्बत करने वालों के लिए कोई अदालत नहीं थी। अब अलग अदालत का गठन हो चुका है। अब उनकी हर समस्या का निदान हो जाएगा। शहर के चार जागरूक लोगों ने एक रूमानी अदालत का गठन किया है। चारो न्यायमूर्तियाँ हिंदू, मुसलिम, सिख और ईसाई

संप्रदाय से आते हैं। ताकि अंतर्धार्मिक मामलों में भी सही और निष्पक्ष फैसला दिया जा सके। बार काउंसिल में मान्यता के लिए आवेदन दिया जा चुका है। रूमानी अदालत के पास केस भी आने लगे। देखते हैं किन मामलों की सुनवाई चल रही है।

दूसरा दृश्य

[लाइट बंद होने और वापस आने के बीच दृश्य परिवर्तन, स्टेज पर अदालत का दृश्य। चार कुरसियों पर राम, रहीम, जोसफ और करतार नामक न्यायमूर्तियाँ विराजमान हैं।]

कठघरे में एक 22 साल की युवती खड़ी है। वकील सवाल पूछता है।

वकील : तुम्हारी शिकायत है कि तुम्हें कोई लिफ्ट नहीं देता।

लड़की : जी…।

वकील : क्यों?

लड़की : इसलिए कि मैं किसी को लिफ्ट नहीं देती।

वकील : तो अब प्रॉब्लम क्या है?

लड़की : मैं एक लड़के को लिफ्ट देना चाहती हूँ, लेकिन वह ले नहीं रहा है। मैं मौका दे रही हूँ और वह मौके का फायदा नहीं उठा रहा।

वकील : तुमने उसे प्रपोज किया?

लड़की : वह मेरी बात सुने तब न प्रपोज करूँ? जीवन में पहली बार मैं लिफ्ट देना चाहती हूँ और वह ले नहीं रहा है।

वकील : यह वन साइडेड लव है। जब तक दो दिल एक-दूसरे के करीब नहीं आते, लव नहीं होता और जब तक लव नहीं होता हमारी अदालत का मामला नहीं बनता। जब

किसी लड़के के साथ तुम्हारा लिफ्ट के एक्सपोर्ट-इंपोर्ट का मामला बने और समाज तुम्हें परेशान करे तब हमारे पास आना। वन साइडेड लव के मामले में हम कुछ नहीं कर सकते। अदालत उसे परिवादी भी नहीं बना सकती, क्योंकि उस पर कोई आरोप बनता नहीं है। लिफ्ट नहीं लेना कोई अपराध नहीं है। वह भी तब जब उसे प्रपोज तक नहीं किया गया हो। हो सकता है, यह भी तुमसे प्यार करता हो, लेकिन किसी कारण संकोच कर रहा हो। सिंपल केस है मी लॉर्ड, अब आप फैसला करें।

जज : पूरी बात सुनने के बाद अदालत इस नतीजे पर पहुँची है कि हालाँकि यह मामला सुनने योग्य नहीं है, लेकिन हमारी अदालत का पहला केस है, इसलिए इसे सुनने योग्य और फैसला भी सुनाने योग्य माना गया। हमारी बेंच इस नतीजे पर पहुँची है कि इस लड़की का अब तक का विहेबियर नन रोमांटिक रहा है। इसके लुक और ड्रेस सेंस से भी यह प्रमाणित हो रहा है। सीधे पल्ले की साड़ी माताजी-बहनजी का लुक देती है। ऐसी वाली ड्रेस पहनकर रोमांस नहीं किया जा सकता। इसलिए कोर्ट का फैसला है कि सबसे पहले यह किसी ब्यूटी पार्लर में जाकर अपना हुलिया ठीक कराए। थोड़ा मॉडर्न ड्रेस पहने। अपना गेटअप बदले और गुलाब का एक फूल लेकर परिवादी को प्रपोज करे। दुनिया का कोई लड़का ऐसा नहीं हो सकता, जो किसी सुंदर लड़की के प्रपोजल को रिजेक्ट करे। फिर भी बात नहीं बनती तो दुबारा-तिबारा प्रयास करे। अदालत चाहती है कि यह एक बार किंग ब्रूश एंड स्पाइडर की कहानी पढ़े। उससे प्रेरणा ले और बार-बार लड़के का दिल जीतने की कोशिश

करे। यही अदालत का फैसला है। अब अगले मामले की सुनवाई हो।

तीसरा दृश्य

चपरासी : मिस्टर एंड मिसेज हरिहर प्रसाद हाजिर हों।
(एक बुजुर्ग दंपती स्टेज पर आता है और कठघरे में खड़ा हो जाता है।)

वकील : आपको पता है, आपको किसलिए कोर्ट में बुलाया गया है…?

हरिहर प्रसादजी : मेरी बेटी ने हम पर प्रताड़ित करने का आरोप लगाया है।

वकील : क्या यह सही नहीं है कि आपने एक लड़के पर उसके अपहरण का मामला दर्ज कराया है, जबकि आपकी बेटी रेणु ने मैजिस्ट्रेट के सामने गवाही दी है कि वह विक्टर से प्रेम करती है और उसके साथ घर बसाना चाहती है। उसका अपहरण नहीं हुआ है, वह अपनी मरजी से उसके साथ गई है। क्योंकि आप उसके प्रेम का विरोध कर रहे थे। उसकी पसंद के रिश्ते के खिलाफ हैं।

हरिहर प्रसाद : जी…सही है…हमारे पड़ोस में एक ईसाई परिवार रहता है। उसमें विक्टर नाम का एक लड़का है, जो रेणु के साथ पढ़ता है और उसके पीछे पड़ा है। उसने रेणु के साथ शादी का प्रपोजल दिया था। हमने इनकार कर दिया। हमें पूरा विश्वास है कि उसी ने अपहरण किया होगा। रेणु अभी बच्ची है, उसे दुनियादारी की जानकारी नहीं है। विक्टर ने उसे बहकाया है। उसे बहला-फुसलाकर भगाया है।

वकील : रेणु की उम्र क्या है?

हरिहर प्रसाद : वह 22 साल की है।

वकील : मतलब बालिग है। आपको पता तो होगा कि 18 साल की उम्र के बाद लड़के-लड़कियाँ बालिग हो जाते हैं। उन्हें अपने जीवन के फैसले करने का कानूनी अधिकार मिल जाता है। बाई द वे…आपकी उम्र क्या है?

हरिहर प्रसाद : मैं 75 का हूँ और मेरी पत्नी 70 की है।

वकील : आपके खयाल में कितने वर्षों का जीवन बचा है आप लोगों का?

हरिहर प्रसाद : जी…ज्यादा से ज्यादा 10-12 साल।

वकील : आपकी उम्र 10-12 साल बची है और आपकी बेटी का पूरा जीवन बाकी है। क्यों उसका जीवन बरबाद करना चाहते हैं?

हरिहर प्रसाद : उसका घर तो बसाना ही है। वह अपनी बिरादरी के किसी लड़के को पसंद करती तो हम खुशी-खुशी शादी कर देते। लेकिन लड़का ईसाई है।

वकील : रेणु का कहना है कि आप लोगों ने लव जिहाद का मामला बनाकर उनके खिलाफ माहौल बनाया, इसी कारण उन्हें घर छोड़कर भागना पड़ा। इसके बाद आपने अपहरण का मामला दर्ज करा दिया। इस कारण उन्हें छुपकर रहना पड़ रहा है। किसी तरह छुपते-छुपाते वे मैजिस्ट्रेट के पास पहुँचे और अपना बयान दर्ज कराकर गायब हो गए। अब क्रिमिनल कोर्ट में मैजिस्ट्रेट की रिपोर्ट जाएगी। आपका केस झूठा साबित हो जाएगा। आपको पता है कि वे जिस ट्रेन से भागे थे, उसका टिकट रेणु के मोबाइल से बुक हुआ था? अब आपको साबित करना पड़ेगा कि रेणु ने विक्टर का नहीं विक्टर

ने रेणु को किडनैप किया है। किसने किसका अपहरण किया? किसने किसको बहकाया, कोर्ट को बताना पड़ेगा। आपका केस पूरी तरह झूठा साबित हो जाएगा। झूठा केस दर्ज कराना कानूनन अपराध है। आप पर उलटा केस हो सकता है।

हरिहर प्रसाद : जी…हमें पता नहीं था। हमारी चिंता है कि अपनी बिरादरी में क्या मुँह दिखाएँगे।

वकील : …और झूठा मुकदमा दायर करने पर आपको सजा होगी तो बिरादरी के लोग शाबाशी देंगे क्या? मी लॉर्ड, मामला स्पष्ट है। मुझे और कुछ नहीं कहना है। आप फैसला सुनाइए। बस मुझे और कुछ नहीं पूछना है।

जज : डिफेंस के वकील चाहें तो अपनी बात रख सकते हैं।

डि. वकील : यह भारतीय समाज है। कई धर्मों और जातियों के लोग यहाँ रहते हैं। हर बिरादरी चाहती है कि शादी-ब्याह उसकी बिरादरी के अंदर उसके नियमों के तहत हों। यह दंपती भी यही चाहता है। यह पूरी तरह भावनात्मक मामला है। भावनाओं में बहकर ही इन्होंने किडनैपिंग का केस दर्ज कराया है। माँ-बाप चाहते हैं कि उनकी संतान सामाजिक मानदंडों को समझे। उसके अनुरूप चले। इसमें कुछ भी गलत नहीं है। रेणु इनकी इकलौती बेटी है। उसे भागना नहीं चाहिए था। उसे घर वापस आना चाहिए और बिरादरी के नियमों को मानते हुए विक्टर के साथ संबंध तोड़ लेना चाहिए।

जज : दोनों पक्षों की दलील सुनने के बाद कोर्ट इस नतीजे पर पहुँची है कि मिसेज और मिस्टर हरिहर प्रसाद को बदलते समय की बदलती मान्यताओं को स्वीकार करना चाहिए। आज जाति और धर्म के बंधनों को तोड़ने

का समय आ चुका है। प्रेम जाति और धर्म नहीं देखता। यह अंतरात्मा की आवाज होता है। बुल्लेशाह ने भी कहा है कि बेशक मंदिर-मसजिद तोड़ो पर प्यार भरा दिल कभी न तोड़ो···। आज अंतरजातीय और अंतरधार्मिक विवाह धड़ल्ले से हो रहे हैं। समाज इन्हें मान्यता दे रहा है। बच्चे बालिग हो जाएँ तो उन पर अनावश्यक दबाव नहीं डालना चाहिए। अदालत का फैसला है कि मिस्टर हरिहर प्रसाद किडनैपिंग का केस वापस ले लें और रेणु का विक्टर से विवाह होने दें। यह चर्च में होगा, मंदिर में होगा, दोनों में होगा या कोर्ट में होगा, इसका फैसला दोनों परिवार मिलकर करें।

चौथा दृश्य

चपरासी : संजीव कुमार, माला सिन्हा हाजिर हों।
(कोर्ट में बैठे कुछ लोग बाहर निकलते हैं, कुछ अंदर आते हैं। कठघरे में एक युवक खड़ा है। दूसरे कठघरे में एक युवती है।)

पहला वकील : मिस्टर संजीव कुमार, क्या आप सामने खड़ी युवती को जानते हैं?

संजीव : जी, यह मेरे कॉलेज में पढ़ती है। इसके अलावा कुछ नहीं जानता।

पहला वकील : इसका कहना है कि यह तुम्हारे क्लास में पढ़ती है।

संजीव : याद आया, मेरे क्लास में 12 लड़कियाँ हैं। यह उन्हीं में एक है।

पहला वकील : इसका कहना है कि यह तुम्हारे बच्चे की माँ बनने वाली है।

संजीव : कोई भी लड़की किसी से संबंध बना सकती है। गर्भ धारण कर सकती है। लेकिन बच्चा मेरा है, यह कैसे साबित होगा? मैं इससे इनकार करता हूँ।

पहला वकील : डीएनए टेस्ट से साबित हो जाएगा। मैं अदालत से दरख्वास्त करता हूँ कि संजीव कुमार के डीएनए टेस्ट का आदेश दिया जाए।

संजीव : ठहरिए जज साहब, मैं स्वीकार करता हूँ कि माला के पेट में मेरा ही बच्चा है, लेकिन जो हुआ दोनों की मरजी से हुआ। मौज-मस्ती के लिए। विवाह करने या संतान पैदा करने का हमारे बीच कोई करार नहीं था।

पहला वकील : माफी चाहता हूँ मी लॉर्ड, कोई भी लड़की जब किसी के साथ संबंध बनाती है, तो उसको अपना भावी पति मानकर ही बनाती है। इनसे पूछा जाना चाहिए कि अगर संबंध केवल मौज-मस्ती के लिए था, तो गर्भ निरोधक उपायों का इस्तेमाल क्यों नहीं किया गया?

जज : वाजिब सवाल है। आप क्या कहेंगे मिस्टर संजीव कुमार?

संजीव : जोश में होश खो बैठा। इसका ध्यान नहीं रहा।

जज : यह गलती नहीं क्राइम है और क्राइम की सजा होती है। तुम्हें माला सिन्हा और उसके होनेवाले बच्चे को स्वीकार करना होगा। हमारा आदेश है कि समाज के सामने इस रिश्ते को खुलकर स्वीकार करो और इसके साथ शादी करके घर बसाओ।

□

हथरस-बतरस

पहला दृश्य

[बूढ़े दादाजी बिस्तर पर लेटे हुए हैं। तभी उनके पौत्र चंदन-नंदन उनके पास आकर बैठ जाते हैं।]

चंदन : दादाजी–दादाजी, हम दीदी को लाने उसकी ससुराल जा रहे हैं।

दादाजी (बिस्तर पर बैठते हुए) : अच्छी बात है। जरूर जाना। जाना ही चाहिए। शादी के बाद बहन को पहली बार नैहर लाने के लिए भाइयों को जाना होता है। यही परंपरा है। लेकिन खानदान की इज्जत तुम्हारे हाथ में है। तुम लोगों को कुछ बातों का ध्यान रखना होगा। वहाँ बड़ों को पाँव छूकर प्रणाम करना। छोटों को दुलार देना। हमउम्र लोगों के साथ दोस्ताना व्यवहार करना। खाने–पीने में जो भी मिले चाहे अच्छा लगे, न लगे, उसकी तारीफ जरूर करना। हर भोजन के बाद थोड़ा सा खाना प्रतिष्ठा के नाम पर जरूर छोड़ देना।

नंदन : थोड़ा खाना छोड़ने का प्रतिष्ठा से क्या संबंध, अनाज बरबाद होगा ?

दादाजी : धरती पर अन्न का एक दाना भी कभी बरबाद नहीं होता। बड़े जीवों का जूठा छोटे जीवों के काम आता है। बहुत सारे कीड़े-मकोड़े हैं, जो हमारी जूठन पर जीवित रहते हैं। जहाँ तक जूठन छोड़ने का प्रतिष्ठा के साथ संबंध का सवाल है रिश्तेदारी में थाली सफाचट करने का मतलब भुक्खड़ होना समझा जाता है। इसीलिए थोड़ा छोड़ देने से प्रतिष्ठा बनी रहती है।

चंदन : जी दादाजी! समझ गए, हम, आपकी बात का पूरा ध्यान रखेंगे।

दादाजी : तुम लोगों को एक बात और समझ लेना जरूरी है।··· तुम लोग अब बच्चे नहीं रहे, जवान हो रहे हो। जवानी दीवानी होती है। उस पर काबू रखना होता है। तुम्हारी दीदी की ससुराल में जवान-जवान ननदें हैं। उनके साथ तुम्हारा मजाक का रिश्ता है। उनके साथ हँसी-मजाक करने में कोई हर्ज नहीं है। लेकिन इतना समझ लो कि हँसी-मजाक भी दो तरह का होता है। एक बतरस के जरिए और दूसरा हथरस के जरिए। तुम लोग जमकर बतरस करना। इसमें कोई हर्ज नहीं है। लेकिन भूलकर भी हथरस मत करना।

नंदन : हम समझे नहीं दादाजी···इसमें अंतर क्या है?

दादाजी : तुमको हर बात खोलकर बतानी पड़ेगी। इतना समझ लो कि बतरस मुँह से किया जाता है और हथरस हाथ से। लड़का-लड़की के बीच मजाक-मजाक में धर-पकड़। यह काम मत करना।

नंदन : समझ गए दादाजी···रिश्तेदारी में कभी भी हथरस नहीं करना चाहिए।

दादाजी : कहीं भी हथरस नहीं करना चाहिए। खासतौर पर लड़कियों के साथ। यह अच्छी बात नहीं है।

चंदन : ठीक है दादाजी, हम इसका पूरा ध्यान रखेंगे।

दूसरा दृश्य

[चंदन-नंदन बिस्तर पर बैठे हुए हैं, तभी दो लड़कियाँ आती हैं। उनमें से एक हाथ मिलाने को बढ़ाती हुई कहती है—माइसेल्फ बॉबी। दूल्हे राजा की पहली बहन, तुम्हारी दीदी की पहली ननद और ये डॉली है मेरे बाद दूसरी।]

(नंदन-चंदन हाथ मिलाने की जगह हाथ जोड़कर अभिवादन करते हैं।)

बॉबी : बुरा मत मानना। क्या तुम लोग पूरी तरह देहाती हो? लड़का होकर लड़कियों से हाथ मिलाने से डरते हो? पूरे पोंगा पंडित हो? हाथ मिलाने से क्या हो जाएगा? करेंट मार देगा क्या?

चंदन : नहीं बॉबी जी···ऐसा नहीं है। हम अपने क्लास की लड़कियों से खूब हाथ मिलाते हैं। दोस्ती भी करते हैं। लेकिन यहाँ आने से पहले हमें काफी हिदायत दी गई है। बड़े-बुजुर्गों ने समझाया है कि यहाँ बतरस तो करना है, लेकिन हथरस नहीं करना है। हथरस की शुरुआत हाथ मिलाने से होती है। इसीलिए हमने हाथ मिलाना ठीक नहीं समझा।

डॉली : अरे दीदी···ये लोग तो एकदम कलियुग के श्रवण कुमार हैं। आँख मूंदकर बड़ों की बात माननेवाले। एकदम लकीर के फकीर। वैसे बतरस-हथरस की फिलॉसफी मजेदार है।

चंदन : आप जो भी कहें, लेकिन हमारे आपके रिश्तों के बीच एक मर्यादा-रेखा होती है। हम उसका उल्लंघन नहीं करना चाहते।

बॉबी : क्या यह रेखा इतनी पतली, इतनी कमजोर है कि हाथ मिलाने से टूट जाएगी? आज के समय में हाथ मिलाना और गले मिलना कहीं से भी गलत नहीं माना जाता। इसमें अश्लीलता जैसी कोई बात नहीं होती। हम इक्कीसवीं सदी के लोग हैं। पुराने जमाने के किसी बंधन को नहीं मानते।

नंदन : बात वह नहीं है। हाथ मिलाने बाद धीरे-धीरे क्या-क्या मिलने लगता है आपको पता नहीं है।

(दोनों बहनें एक-दूसरे की तरफ देखकर मुसकराती हैं।)

डॉली : दीदी···भाभी के भाई तो बड़े मजेदार हैं। अच्छा यह बताओ कि बतरस और हथरस में फर्क क्या है?

नंदन : जैसे हमने अभी कहा कि हाथ मिलाने के बाद क्या-क्या मिलने लगेगा, कौन जानता है? यह एक द्वीअर्थी मजाक है। इसका कोई अर्थ माना जा सकता है। लेकिन हर हाल में यह बतरस का उदाहरण है, क्योंकि इसमें जो रस निकला वह बात से निकला। लेकिन अगर हम इसका प्रैक्टिकल करने लगेंगे तो वह हथरस हो जाएगा। हम इससे बचना चाहते हैं।

बॉबी : तुम अगर छू लो तो हमें फर्क नहीं पड़ेगा, क्योंकि हमारे लिए यह सामान्य बात है। लेकिन अगर हम तुम्हें छू लेंगे तो निश्चित रूप से तुम्हारा कौमार्य भंग हो जाएगा। तुम किसी को मुँह दिखाने लायक नहीं

रहोगे। क्योंकि तुम्हारे मन में लिंगभेद है। हमारे मन में ऐसा कोई भाव नहीं है।

नंदन : हमारी सोच थोड़ा अलग है। वैसे मैं साफ कर दूँ कि छुआछूत से हमें बिल्कुल परहेज नहीं है। कोई एक कदम बढ़े तो हमें चार कदम बढ़ाने में समय नहीं लगेगा। लेकिन हम करें तो क्या करें! हमारे हाथ बँधे हुए हैं। हम जुबान चला सकते हैं, लेकिन हाथ नहीं बढ़ा सकते।

डॉली : अच्छी बात है। बतरस ही सही। तुम्हारी बातों में रस तो है। जब तक यहाँ पर हो बतरस करते रहो। मजा आएगा।

तीसरा दृश्य

[दादाजी बिस्तर पर बैठे हैं। चंदन-नंदन उनके पास बैठे हैं।]

नंदन : दीदी को ले आए। उनकी ननदों ने बहुत कोशिश की कि हम बतरस से हथरस पर उतर आएँ, लेकिन हमें आपकी बात याद थी। उनकी मंशा पूरी नहीं होने दी और अपनी इज्जत-आबरू बचाकर सुरक्षित लौट आए।

दादाजी ने उनकी पीठ थपथपाई और कहा : शाबाश! तुमसे यही उम्मीद थी। वैसे वह क्या हरकतें कर रही थीं?

चंदन : पहली ही मुलाकात में हाथ मिलाने की कोशिश की। हमने हाथ जोड़कर मना कर दिया। ठीक किया न?

दादाजी : एक बात समझ लो। नीयत सही हो तो किसी लड़की के छूने से कोई दिक्कत नहीं है। इससे कोई रोग नहीं

लग जाता। वे चाहती थीं तो हाथ मिलाने में कोई हर्ज नहीं था। बुरी नीयत से किया गया स्पर्श हथरस में आता है। हाथ जोड़ने पर उन लोगों ने तुम्हें पिछड़ा माना होगा।

नंदन : यह बात समझ में नहीं आई। अगली बार जाएँगे, तो इस बात का ध्यान रखेंगे।

□

अनमोल सिक्का

पहला दृश्य

सूत्रधार : एक छोटा सा सिक्का किसी की किस्मत बदल सकता है। मीडिया में ऐसे दावों भरे विज्ञापनों की भरमार है। लेकिन इसकी आड़ में तरह-तरह के लोग अपनी रोटियाँ सेंक रहे हैं। पैसे में बड़ी ताकत होती है। कहते हैं कि यह हवा में उड़ता रहता है। इसे लपकनेवाला चाहिए। सोना कब कूड़ा बन जाए और कूड़ा कब सोना बन जाए, कोई नहीं जानता। खाकपति को करोड़पति और करोड़पति को खाकपति बनते देर नहीं लगती। लेकिन सबसे बुरी चीज होती है, लालच। रातोरात करोड़पति बनने की ललक। इस चक्कर में अच्छे-अच्छे लोग बरबाद हो जाते हैं। अगर समय पर नहीं चेते तो आपकी लालच आपको बरबाद कर देगी। अगर पैसों के पीछे भागते किरदार नहीं देखे तो हम आपको दिखाते हैं। दिल थाम के देखिए।

दूसरा दृश्य

[एक युवक हथेली पर मोबाइल लिए बेचैनी में टहल रहा है। उसकी नजर स्क्रीन पर जमी हुई है। वह काफी उत्साहित और

उद्वेलित नजर आता है। अचानक वह कुरसी पर बैठकर एक नंबर डायल करता है।]

वीरेश : हलो···मैं पटना से वीरेश नंदन बोल रहा हूँ। इंटरनेट पर आपका विज्ञापन देखा। पता चला कि आप पुराने सिक्कों की खरीद-बिक्री कराते हैं। सही कीमत दिलाते हैं।

आवाज : बिल्कुल सही देखा। सही समझा। पुराने सिक्कों की एंटिक वैल्यू होती है। वे अनमोल होते हैं। आपके घर के कोने में पड़ा एक छोटा सा सिक्का करोड़ों की कीमत दिला सकता है। हम सिक्कों के मार्केट में हैं। खरीद-बिक्री में लोगों की मदद करते हैं। हमें पता होता है कि किस चीज का खरीदार कहाँ पाया जाता है। अगर आपके पास ऐसा कोई सिक्का या मूर्ति है तो बताइए।

वीरेश : मेरे पास 1840 का विक्टोरिया का एक सिक्का है।

आवाज : अच्छा···सोने का है या चाँदी का?

वीरेश : चाँदी का है। एक रुपए वाला।

आवाज : उसमें क्वीन विक्टोरिया के सिर पर ताज नहीं होगा। चोटी होगी।

वीरेश : जी सही कह रहे हैं। ऐसा ही है।

आवाज : उस समय भारत में ईस्ट इंडिया कंपनी की सरकार थी। 1857 के विद्रोह के बाद जब ब्रिटिश सरकार ने भारत की हुकूमत कंपनी से अपने हाथ में ले ली तो 1862 में विक्टोरिया का ताजवाला सिक्का जारी हुआ था।

वीरेश : जी···सिक्के इतिहास की याद दिलाते हैं।

आवाज : भाई वीरेश नंदन, साफ बता दूँ कि अगर यह सिक्का सोने का होता तो उसकी कीमत आठ करोड़ के आसपास

होती। लेकिन चाँदी का 1840 का सिक्का भी कम नहीं है। यह 25 लाख तक में निकल सकता है। क्या आप उसे बेचना चाहेंगे?

वीरेश : घर में रखने में कोई समस्या नहीं है। पैसों का कोई संकट भी नहीं है। लेकिन अच्छे पैसे मिलें तो जरूर बेचना चाहूँगा।

आवाज : आप इसी नंबर पर व्हाट्सएप में उसकी दोनों तरफ की तसवीर भेजिए। एक बात और'''जब तक डील पूरी न हो जाए, किसी से इसका जिक्र मत कीजिएगा। गोपनीयता आपके लिए भी जरूरी है और हमारे लिए भी।

(वीरेश टेबल पर सिक्का रखकर मोबाइल से फोटो खींचता है। इसके बाद उसे व्हाट्सएप से जरिए सेंड कर देता है।)

वीरेश : हलो'''जी भेज दिया।

आवाज : हाँ जी, मिल गया है। मैं क्लाइंट्स से बात करके आधे घंटे में आपको फोन करता हूँ।

वीरेश : बेचैनी में टहलता रहता है।

तीसरा दृश्य

[वीरेश का फोन बजता है। स्क्रीन पर नजर डालने के बाद वह उसे पिक करता है।]

आवाज : हलो'''आपके सिक्के का 30 लाख मिल रहा है। मेरी बताई कीमत से पाँच लाख ज्यादा। अपने को सिर्फ कमीशन से मतलब रहता है। क्लाइंट को जितना ज्यादा से ज्यादा मिल जाए, अपनी यही कोशिश होती है। मेरा

कमीशन 10 प्रतिशत होता है। वह मेरे को एडवांस चाहिए होता है। 30 लाख का दस प्रतिशत मतलब तीन लाख। बाकी 27 लाख आपके।

वीरेश : यह डील कैसे होगी? कितना समय लगेगा? इसका प्रोसेस बताइए।

आवाज : पहले यह बताइए कि आपको पैसा व्हाइट चाहिए या ब्लैक। ब्लैक लेंगे तो यह रकम डेढ़ गुनी बढ़ जाएगी। मतलब 45 लाख।

वीरेश : नहीं··नहीं, ब्लैक लेकर क्या करूँगा। जितना मिले लेकिन व्हाइट मिले। जिसका कहीं भी इस्तेमाल हो सके। टैक्स ही देना पड़ेगा न? मैं सरकार को टैक्स देने को तैयार हूँ। कालाधन नहीं चाहिए।

आवाज : लीगल वे में डील के लिए कुछ कागजी फॉर्मेलिटी करनी होती है। आप अपना पता भेज दीजिए। मेरा आदमी आपके पास फार्म लेकर जाएगा। उसे भरवा देगा। उससे रिसीविंग लेकर विक्टोरियन सिक्का और साढ़े तीन लाख रुपए नकद दे दीजिएगा। 50 हजार सरकारी फीस है और तीन लाख मेरा कमीशन। वह सिक्के की जाँच कराएगा। इसके बाद आपके एकाउंट में तुरंत तीस लाख ट्रांसफर हो जाएँगे। आप उसका इनकम टैक्स जमा करके व्हाइट कर लीजिएगा।

वीरेश : क्या ऐसा नहीं हो सकता कि आपका कमीशन पेमेंट मिलने के बाद दूँ।

आवाज : नहीं सर··हमारा रोज का विजनेस है। इसी से रोजी-रोटी चलती है। पैसे मिलने के बाद आप कहाँ, मैं कहाँ! कमीशन एडवांस देना होगा। वह भी नकद। आपके लिए इतना कर सकता हूँ कि आप अभी आधा मतलब

डेढ़ लाख दे दें और पेमेंट मिलने के बाद बाकी डेढ़ लाख दें। इसका एक एग्रीमेंट हो जाएगा। आप दो लाख रुपए तैयार रखिएगा।

वीरेश : ठीक है।

चौथा दृश्य

सूत्रधार : तो देखा आपने। वीरेश बाबू असमंजस में पड़े हैं। सिक्का बिकने से पहले ही उन्हें दो लाख देना है। कहीं कुछ गड़बड़ हुआ तो··· । तीस लाख के चक्कर में दो लाख चले जाएँगे। वे इस विषय पर किसी से बात भी नहीं कर सकते। डील को लीक नहीं करना है। काफी देर सोचने के बाद उन्हें अपने मित्र राजेश की याद आई। वह पुलिस अधिकारी है। उसी इलाके में तैनात है और उनका घनिष्ठ दोस्त है। वह बात को अपने तक रखेगा। वे उससे इस विषय पर चर्चा कर सकते थे।

(वीरेश ने राजेश का नंबर डायल किया।)

राजेश : बोलो भाई···कैसे याद किया?

वीरेश : कुछ जरूरी बात करनी है। थोड़ा समय चाहिए।

राजेश : दोस्तों के लिए समय ही समय है। मैं थोड़ी देर बाद तुम्हारे इलाके में आ रहा हूँ। तुम्हारे घर पर मिल लूँगा। चाय बनवाकर रखना।

वीरेश : कितनी देर लगेगी?

राजेश : ज्यादा से ज्यादा आधा घंटा।

वीरेश : ठीक है···मैं इंतजार कर रहा हूँ।

पाँचवाँ दृश्य

[वीरेश और राजेश आमने-सामने बैठे हैं।]

राजेश : अच्छा हुआ कि तुमने मुझे पूरी बात बता दी। इसमें कोई शक नहीं कि पुराने सिक्कों की एंटिक वैल्यू होती है, लेकिन इतना नहीं होती, जितना इंटरनेट में बताया जाता है। इसके लिए बहुत सारी कानूनी ढंग से बनी न्यूमिस्मेटिक सोसाइटीज हैं। उनकी प्रदर्शनी लगती रहती है। वे एंटिक सिक्कों को जमा करते हैं। खरीद-बिक्री भी करते हैं। वही रेट तय करते हैं। चाहो तो उनसे संपर्क करवा दूँगा। लेकिन जहाँ तक मेरी जानकारी है 1840 के विक्टोरिया क्वॉइन की इतनी कीमत नहीं है। कुछ रेयर क्वॉइन हैं, जिनकी कीमत लाखों में जाती है। पुरातत्त्व विभाग भी दुर्लभ सिक्के खरीदता है। लेकिन यह उनमें नहीं है। इंटरनेट पर इस तरह के विज्ञापन चलाने वाले ज्यादातर फ्रॉड होते हैं। हम ऐसे विज्ञापनों पर नजर रखते हैं। उनकी जाँच कराते रहते हैं। लेकिन जब तक कोई केस सामने नहीं आए सिर्फ विज्ञापन के आधार पर काररवाई नहीं कर सकते। जब कोई मामला आता है, तो उन पर नकेल कसते हैं। जिस नंबर से तुम्हारे पास फोन आया था, वह ठगों के एक शातिर गिरोह के सरगना का नंबर है। काफी दिनों से इस पर हमारी नजर है। मैं पूरे विश्वास के साथ कह सकता हूँ कि ये लोग तुम्हारे दो लाख लेकर चंपत हो जाएँगे।

वीरेश : वैसे न्यूमिस्मेटिक सोसाइटी में इस सिक्के की क्या कीमत हो सकती है ?

राजेश : मेरी बात मानो तो अभी इस चक्कर में मत पड़ो। इसे

अपने पास सँभालकर रखो। समय आने पर तुम्हारी बात करा दूँगा, लेकिन उतना पैसा नहीं मिलेगा, जितना ये लोग दिलवाने का दावा कर रहे हैं।

वीरेश : खैर, जो भी हो···मैंने पूरी बात बता दी। अब हमें क्या करना चाहिए?

राजेश : कुछ नहीं···तुम फोन करके बोल दो कि पैसे तैयार हैं। अपना आदमी भेजो। बस हमें बता देना कि वह कब आ रहा है। हम समझ लेंगे।

छठा दृश्य

[वीरेश के सामने एक युवक बैठा हुआ है।]

युवक : बस अब आप फार्म भर दीजिए और पैसों के साथ तुरंत मेरे हवाले कर दीजिए। सिक्के की जाँच यहीं की लेबोरेटरी में हो जाएगी। बस समझिए तो आधी डील हो चुकी। कल शाम तक आपके अकाउंट में पैसे पहुँच जाएँगे।

वीरेश : पैसे लाने के लिए बैंक में आदमी भेजा है। आता ही होगा। तब तक चाय-वाय पीजिए।

(तभी सादे कपड़ों में राजेश आता है।)

राजेश : भाई···बड़ी मुश्किल से पाँच-पाँच सौ की गड्डियाँ मिलीं। बैंकवाले सौ-सौ के दे रहे थे। मैंने साफ कहा कि इतना कौन ढोएगा? बड़े नोट चाहिए। इन्हीं साहब को देना है न?

वीरेश : हाँ भई, इन्हीं को देना है।

राजेश : अच्छा साहब···मेरे पास भी बहुत सारे पुराने सिक्के पड़े हैं। निकलवा देंगे?

आदमी : बिल्कुल···हमारा काम ही यही है।

राजेश : आपका मोबाइल बहुत अच्छा है। देख सकता हूँ?

आदमी : जी माफ कीजिए, मैं किसी को अपना मोबाइल नहीं देता।

राजेश दोनों हाथ से चुटकी बजाता है। अचानक आठ-दस लोग अंदर आते हैं।

राजेश : इनका मोबाइल जब्त कर लो और इन्हें हमारे मेहमानखाने में ले चलो। इंटरव्यू लेना है।

आदमी : क्या मतलब? आप लोग कौन हैं?

राजेश : हम पुलिसवाले हैं। तुम्हारे गिरोह पर लंबे समय से हमारी नजर थी।···अब चलो तुम्हारी असली डील सरकारी मेहमानखाने में होगी।

आदमी : मैं तो सिर्फ एक मैसेंजर हूँ। मेरी क्या गलती है?

राजेश : गिरोह तो एक ही है न···जिस समय हम तुम्हारे पास आए, ठीक उसी समय कोलकाता में तुम्हारे बॉस की सेवा में हमारी दूसरी टीम पहुँच चुकी है। अब तुम लोगों का खेल खत्म। तुम लोग बहुतों को चूना लगा चुके हो। अब उसका भुगतान करना होगा। अच्छा वीरेश भाई··· तुम थाने में आकर अपना बयान नोट करा देना। हम इनसे समझ लेंगे।

राजेश की टीम उसे अपने साथ ले जाती है। वीरेश सिक्के को उलट-पुलट कर देखता है। फिर अपने आपसे कहता है, अच्छा हुआ 30 लाख आते-आते रह गए। टैक्स लगता और शोर मच जाता कि कि मेरी लाखों की कमाई हुई है।

□

शराबबंदी

पहला दृश्य

[राज्य के मुख्यमंत्री के सामने चार अधिकारी बैठे हैं। प्रदेश के मुख्य सचिव, पुलिस महानिदेशक, उत्पाद विभाग के सचिव और स्पेशल ब्रांच के एडीजी।]

मुख्यमंत्री : आप सबके रहते हुए इतना बड़ा कांड कैसे हो गया…150 लोगों की जहरीली शराब से मौत का मतलब समझते हैं आप… ? विदेशों तक में सनसनी फैल गई है। हमारी सरकार की भर्त्सना की जा रही है। विपक्ष हमलावर हो रहा है। राज्य में नशाबंदी लागू होने के बाद भी यह सब कैसे हुआ ? नकली शराब कैसे बनी ? कैसे मृतकों तक पहुँची ? क्या उत्पाद विभाग सोया हुआ था ? स्पेशल ब्रांच नाकारा हो चुका था ? पुलिस विभाग अपना काम नहीं कर पा रहा था ? मुख्य सचिव विभागों के कामकाज का ध्यान नहीं रख पा रहे हैं ?

मुख्य सचिव : नहीं सर…कोई सोया हुआ नहीं है। ब्यूरोक्रेसी की आँख और कान हमेशा खुले रहते हैं। हमें पूरा पता होता है कि कहाँ–कहाँ नकली शराब बनाई जा रही है ? किस–किस रास्ते से शराब की तस्करी हो रही है ? लेकिन जब हम

धर-पकड़ करते हैं, तो पता चलता है उसमें जो लोग शामिल हैं उनके सिर पर सत्ता का वरदहस्त है। हम पूछताछ भी करें तो हमारे पास ऊपर से फोन आने लगते हैं और हमें पीछे हटना पड़ता है। जिस इलाके में यह घटना हुई है, उस इलाके के शराब माफिया उस क्षेत्र के विधायक हैं जो आपकी पार्टी के हैं। वे अंग्रेजी-देसी हर तरह की शराब अपने क्षेत्र के लोगों को उपलब्ध कराते हैं। जो अधिकारी उन पर काररवाई करेगा, अगले ही दिन उसका तबादला हो जाएगा। आप ही के करीबी लोग ऐसा करेंगे और आप भी आँख मूँद लेंगे। अब आप बताइए हम आपकी अनुमति के बिना उन पर कैसे हाथ डालें? सच्चाई यही है कि शराब का धंधा हर जगह सत्ताधारी दल के लोग ही ऑपरेट कर रहे हैं।

मुख्यमंत्री : यह बात पहले क्यों नहीं बताई? हमारी ही पार्टी के लोग नशाबंदी जैसे समाज सुधार की इतनी महत्त्वपूर्ण नीति को सफल नहीं होने देंगे तो मेरा मुख्यमंत्री पद पर बने रहना बेकार है। हर सरकार में उसके करीबी लोग पैसों के लिए हर तरह के कुकर्म करते हैं। हमारी सरकार में भी कर रहे हैं। लेकिन यह सही रास्ता नहीं है। हम उनसे बात करेंगे। उन्हें समझाएँगे। उनसे निपटेंगे। लेकिन मैं यह नहीं मान सकता कि विपक्षी दलों के लोग इस तरह के धंधों में शामिल नहीं होंगे। आप खुलकर पूरे राज्य में चल रहे इस धंधे की पूरी रिपोर्ट भेजिए और विपक्षी लोगों के प्रभाववाले इलाके से धर-पकड़ का अभियान शुरू कराइए। आपको खुली छूट है। अपने लोगों से मैं खुद बात करूँगा।

एडीजी : हर विभाग की खुफिया रिपोर्ट आपके पास नियमित रूप से भेजी जाती है जिसमें कुछ भी छुपाया नहीं जाता। हर बात खुलकर कही जाती है। क्योंकि वह गोपनीय होती है। हो सकता है, सीएमओ के अधिकारियों ने उन्हें आपके पास पेश न किया हो। आप सारी रिपोर्टें मँगाएँ और हमें सत्ता-विपक्ष के भेद से हटकर काररवाई का निर्देश दीजिए।

मुख्यमंत्री : हम रिपोर्ट देखते हैं। मान लेते हैं कि हमारे हमारे विधायक, सांसद, हमारे मंत्री शराब के धंधे को संरक्षण दे रहे होंगे। हम उनकी लिस्ट तैयार करवाएँगे, उन पर लगाम लगाएँगे, लेकिन वे खुद तो शराब चुला नहीं रहे होंगे। खुद तो तस्करी नहीं कर रहे होंगे। उन्होंने इसके लिए आदमी रखे होंगे। आप उनके आदमियों को पकड़िए और जब वे फोन करें तो हमें खबर कीजिए।

उत्पाद सचिव : वे हमारे निशाने पर हैं। हम जब चाहें उन्हें तुरंत दबोच सकते हैं। लेकिन हमारे अधिकारियों पर गाज नहीं गिरनी चाहिए। उन्हें दंडित नहीं किया जाना चाहिए।

मुख्यमंत्री : आप सीधे कह दीजिएगा कि यह काररवाई मेरे निर्देश पर हुई है, जिनको जो बात करनी है मुझसे करें।

मुख्य सचिव : सर…सारे तथ्यों के बावजूद यह सही है कि हम इस हादसे को रोक नहीं सके। अंदर की कहानी जो भी हो, लेकिन इसे हमारी विफलता माना जाएगा। लेकिन यह भी सच है कि हमारी अवाम अभी नशाबंदी के संदेश को समझ नहीं पा रही है। आम जनता तो आम जनता हमारे माननीय भी मानसिक रूप से शराबबंदी

के लिए तैयार नहीं हैं। जब तक नशाबंदी के लिए आवश्यक माहौल नहीं बनेगा, जब तक शराब के प्रति लोगों का मोह बना रहेगा, तब तक इसके अवैध निर्माण और तस्करी को पूरी तरह नहीं रोका जा सकेगा। इस तरह की घटनाएँ होती रहेंगी। सिर्फ कानून बना देने से काम नहीं चलता।

मुख्यमंत्री : हमारा प्रशासनिक तंत्र पंचायतों तक फैला है। फिर भी नकली शराब बनानेवाले अपना काम कर रहे हैं। राजस्व घाटे की परवाह नहीं करते हुए हमने इसे लागू किया है, ताकि लोगों को बरबादी से बचाया जा सके। लेकिन लोग बचना नहीं चाहते। बरबाद होना चाहते हैं। बड़ी विकट स्थिति है!

डीजीपी : प्रॉब्लम यह भी है कि हमारे राज्य में तो शराबबंदी है, लेकिन आसपास के राज्यों में नहीं है। जिन्हें शराब पीने की लत है, वे इसके लिए कुछ भी करने को तैयार रहते हैं। हम अवैध शराब की धर-पकड़ करने में उत्पाद विभाग को पूरा सहयोग देते हैं। फिर भी सीमावर्ती राज्यों से तस्करी हो रही है। कितनी भी सख्ती करें, लेकिन वे आँख बचाकर माल निकाल ले जाते हैं। दूर-दराज के गाँवों में देसी शराब चुलाई होती है। वहाँ के लोग इसका विरोध नहीं करते। हमें जानकारी नहीं देते। देसी शराब बनाने का कोई खास फॉर्मूला नहीं है। उसमें इथाइल अल्कोहल डाला जाता है। तेज नशे के लिए थोड़ा मिथाइल अल्कोहल भी डाला जाता है। इसकी मात्रा ज्यादा पड़ने पर शराब जहरीली हो जाती है। मिथाइल अल्कोहल केमिस्टों

के यहाँ आसानी से उपलब्ध है। उस पर रोक लगाना मुश्किल है।

मुख्यमंत्री : हमारी चिंता का विषय यह है कि हम चाहकर भी लोगों को नशे के जाल से नहीं निकाल पा रहे हैं। हमारे ही लोग इसमें बाधा डाल रहे हैं। इससे हमारी सरकार की बदनामी हो रही है। विपक्ष हंगामा मचाने की तैयारी में है। फिलहाल मेरा आदेश है कि संबंधित जिले के सभी अधिकारियों का ट्रांसफर कर दिया जाए। जो अधिकारी काम के नहीं हैं, उनको सस्पेंड किया जाए। उस इलाके के अवैध शराब के कारोबारियों को तत्काल गिरफ्तार किया जाए। तस्करी पर रोक लगाई जाए। हम अपनी पार्टी के लोगों को भी समझाते हैं कि अपनी ही सरकार की नीतियों को विफल न करें।

(सभा का विसर्जन)

दूसरा दृश्य

[मुख्यमंत्री आवास पर सत्ताधारी दल के मंत्रियों और विधायकों की बैठक]

मुख्यमंत्री : आप सभी सरकार का हिस्सा हैं। आपकी सरकार ने राज्य में शराबबंदी लागू की है और रिपोर्ट मिली है कि आप ही लोग उसे विफल बनाने के लिए नकली शराब और तस्करी के धंधे में लगे हैं। क्या यह उचित है? आपके साथ कैसा व्यवहार करना चाहिए, आप ही बताइए।

एक विधायक : सर, कानून तो बना दिया गया, लेकिन शराब से लोगों का मोह नहीं टूटा है। जिन्हें इसकी लत है, वे कानून बना देने भर से इसका त्याग नहीं कर देंगे। वे कहीं से भी इसका जुगाड़ करेंगे। कुछ नहीं मिलेगा तो अल्कोहल की मात्रा वाले सिरप पीना शुरू कर देंगे। जब पड़ोसी राज्यों में शराब उपलब्ध है, तो वहाँ से लाकर इसकी माँग की पूर्ति की जाएगी लोकल स्तर पर शराब चुलाई जाएगी। यह काम आर्थिक अपराधी करेंगे, लेकिन उन्हें राजनीतिक संरक्षण की जरूरत होगी, चाहे सत्तापक्ष के लोग दें या विपक्ष के। विपक्ष के लोग इसे अपने हाथ में न ले सकें, इसलिए हम अपने हाथ में रखते हैं। दूसरी बात यह है कि राजनीति में पैसों की बड़ी भूमिका है। हमें पैसा कमाना होता है और विपक्ष को कमाने का मौका नहीं देना होता है। हम अपनी सरकार में नहीं कमाएँगे तो क्या विपक्ष की सत्ता आने पर कमाएँगे?

मुख्यमंत्री : कमाने में कहाँ मनाही है? इसकी पूरी छूट दी गई है। लेकिन शराब के अलावा भी बहुत सारे धंधे हैं। आप जो तर्क दे रहे हैं, उसका मतलब यही निकलता है कि हमने गलत तरीके से शराबबंदी लागू की। उचित माहौल बनाए बिना सनक में आकर यह फैसला लिया। जब आपके मुख्यमंत्री ने समाज सुधार का कोई अभियान शुरू किया, तो उसे सफल बनाना आप लोगों की जिम्मेदारी है। कमाइए लेकिन नशे का कारोबार मत कीजिए।

विधायक : सर˙˙हमारे बहुत से समर्थक, बहुत से वोटर हैं, जो शराब के आदी हैं। उन्हें हर शाम को किसी भी तरह

शराब चाहिए। हम इसकी व्यवस्था नहीं करेंगे तो विपक्षी दलवाले करेंगे। हमारा वोट बैंक उनकी तरफ चल जाएगा। इससे हमें राजनीतिक नुकसान होगा।

मुख्यमंत्री : तो आप लोगों की क्या राय है ? शराबबंदी वापस ले ली जाए ?

विधायक : नहीं···वापस मत लें, लेकिन समाज कल्याण विभाग, सूचना विभाग को लोक शिक्षण के जरिए सही माहौल बनाने को कहें। माहौल बनेगा, मानसिकता तैयार होगी तो फिर कानून की जरूरत भी नहीं पड़ेगी। अभी जैसा चल रहा है चलने दिया जाए।

(मुख्यमंत्री चिंतन में डूब जाते हैं।)

तीसरा दृश्य

[विपक्षी दलों की बैठक में दर्जन भर लोग शामिल हैं। विधानसभा में विपक्ष के नेता वेणु राघव तमतमाए हुए हैं।]

वेणु माधव : अगर मुख्यमंत्री ने अपनी जिद में शराबबंदी नहीं लागू की होती, देसी-विदेशी शराब खुले बाजार में उपलब्ध होती तो न नकली शराब बनती न इतनी मौतें होतीं। उन्हें यह बात समझनी होगी। उन्हें समझाना होगा। इसमें देर नहीं करनी चाहिए।

एक नेता : जहरीली शराब कांड के बाद हमें तत्काल आंदोलन का रास्ता पकड़ना चाहिए। सड़कों पर उतरना चाहिए। यह सही मौका है। अभी लोहा गरम है। हमें तत्काल हथौड़ा मारना चाहिए। आप आंदोलन की रणनीति बनाइए। हम तैयार हैं।

वेणु माधव : रणनीति बनी हुई है। सबसे पहले हम जहरीली शराब के खिलाफ आक्रोश रैली निकालेंगे। सरकार की नीतियों पर सवाल उठाएँगे। उसे कोसेंगे। इसके बाद विधानसभा का घेराव करेंगे। फिर राज्यपाल को ज्ञापन देंगे। इसके साथ ही मृतकों के परिजनों को मुआवजा देने की माँग को लेकर धरना पर बैठ जाएँगे। देखिएगा, सरकार की गद्दी हिल जाएगी।

नेता : हम तैयारी में लग जाते हैं। ईंट से ईंट बजाकर रख देंगे।

चौथा दृश्य

मुख्यमंत्री : विपक्ष को मौका मिल गया है। उसने जहरीली शराब को मुद्दा बना लिया है। हद तो यह है कि वे मृतकों के परिजनों को मुआवजा देने की माँग कर रहे हैं। जैसे शराब पीकर उन्होंने समाज और देस के हित में कोई बहुत महान् काम किया हो। यदि मरते नहीं नशे की हालत में जिंदा पकड़े जाते तो उनकी जगह सीधे जेल में होती।

मुख्य सचिव : जी, सो तो है लेकिन अब घटना तो हो चुकी है। जनता में आक्रोश है। विपक्ष को राजनीति का मौका मिल चुका है। राज्यपाल ने पूरी घटना की रिपोर्ट माँगी है। इस स्थिति को अपने अनुकूल बनाने के लिए जरूरी कदम उठाने होंगे।

मुख्यमंत्री : आपके खयाल में क्या किया जाना चाहिए? आंदोलन पर सख्ती करना मेरे खयाल में ठीक नहीं होगा। बातचीत के जरिए ही इसे शांत करना होगा।

मुख्य सचिव : मेरे विचार में आपको मृतकों के परिजनों से मिलना चाहिए। उन्हें मुआवजा दें, या न दें जीवन-यापन के साधन मुहैया कराने का आश्वासन देना चाहिए। एक जाँच टीम बना देनी चाहिए। बार-बार सख्त काररवाई का संकल्प दुहराना चाहिए। अधिकारियों के तबादले के बाद कुछ अपराधियों को गिरफ्तार करना चाहिए। इससे विपक्ष के आंदोलन की धार कमजोर हो जाएगी। जन-समर्थन घटेगा। आपको पड़ोसी राज्यों के मुख्यमंत्रियों से भी इस मुद्दे पर बात करनी चाहिए।

मुख्यमंत्री : आपका सुझाव अच्छा है। इसी दिशा में काम होगा। अभी आंदोलन थोड़ा चलने दीजिए। बाद में आंदोलनकारियों को खबर कर दीजिए कि वे प्रतिनिधिमंडल लेकर आएँ। सरकार वार्त्ता के लिए तैयार है।

पाँचवाँ दृश्य

मुख्यमंत्री : ओएसडी साहब, पड़ोसी मुख्यमंत्रियों से हॉटलाइन पर बात कराइए।

ओएसडी : जी (फोन डायल करने के बाद), हमारी सीएम साहब से बात करवाइए।

मुख्यमंत्री : नमस्कार...एक सहयोग चाहिए। आपके राज्य से हमारे राज्य में तस्करी के जरिए शराब लाई जा रही है। इस पर रोक लगाने में आपकी मदद चाहिए।

पड़ोसी सीएम : जी...हम आपकी बात को स्वीकार करते हैं। लेकिन हमारे यहाँ इस पर कोई रोक नहीं है। किस आधार पर उन्हें रोक सकते हैं?

सीएम : क्या ऐसा नहीं हो सकता कि आप भी अपने राज्य में शराबबंदी लागू कर दें?

पड़ोसी सीएम : आपको पता है कि हमारे राज्य में बड़ी आदिवासी आबादी है। शराब का उनके लिए धार्मिक और सांस्कृतिक महत्त्व है। यहाँ शराबबंदी लागू करके कोई सत्ता में नहीं रह सकता। इसे लागू करके मैं अपने पाँव में कुल्हाड़ी नहीं मार सकता। हमारे राज्य में कोई शराबबंदी नहीं लागू कर सकता।

मुख्यमंत्री : हमारे यहाँ जहरीली शराब ने कहर ढा दिया।

पड़ोसी सीएम : शराब बंद करने की चीज नहीं है। आप सही माल नहीं बिकने देंगे तो गलत माल बाजार में आएगा ही। क्योंकि उसकी माँग है। जिसकी माँग होती है उसकी आपूर्ति होती ही है। चाहे कानूनी तरीके से हो या गैर-कानूनी तरीके से। मैं तो यही सलाह दूँगा कि अपने फैसले पर पुनर्विचार करें।

छठा दृश्य

[विपक्षी नेताओं के साथ समझौता वार्त्ता]

मुख्यमंत्री : आपका माँग-पत्र हमें मिल चुका है। उसे एक हद तक माना जा सकता है, लेकिन पूरी तरह नहीं। जो लोग जहरीली शराब पीकर मरे हैं, उनसे उनके परिजनों से हमारी सहानुभूति है, हम उनके जीवन यापन के साधनों का ध्यान रखेंगे। लेकिन मुआवजा किस बात का? उन्होंने कौन सा धार्मिक या सामाजिक अनुष्ठान कर दिया है? कौन सा रचनात्मक काम किया है,

जिसका इनाम दिया जाए? उन्होंने सीधे तौर पर कानून का उल्लंघन किया है। वे सजा के पात्र हो सकते हैं, सहानुभूति या इनाम के नहीं। उनको मुआवजा देने की माँग ही हास्यास्पद है। इसका कोई सवाल ही नहीं उठता। रहा सवाल जहरीली शराब बनाने और धंधा करनेवालों का तो जो लोग इसमें शामिल हैं, चाहे कितने भी ताकतवर हों उन पर सख्त से सख्त काररवाई की जाएगी।

वेणु माधव : मैं भी शराब के चलन का विरोध करता हूँ। इस पर रोक लगनी ही चाहिए, लेकिन नशाबंदी हो या कोई भी कानून जनता पर थोपा नहीं जा सकता। आप नशाबंदी की बात करते हैं और आपकी पार्टी में, आपके आसपास नशेड़ियों का कितना बड़ा झुंड है। आपके अधिकांश सहयोगी रोज दारू पीते हैं। आप उन्हें रोक ही नहीं पाते। यह अति आदर्शवादी और बिल्कुल अव्यावहारिक नीति है। आपकी सरकार इसे लागू करने में पूरी तरह नाकाम हो रही है। आपके ही अधिकारी तस्करी करवाते हैं और आपके ही लोग नकली शराब बनवाते हैं। उसकी खरीद-बिक्री करवाते हैं।

मुख्यमंत्री : हमने टास्क फोर्स बना दिया है। हम किसी को बख्शने नहीं जा रहे हैं, चाहे वह हमारी पार्टी के ही क्यों न हों?

वेणु माधव : आप बनाते रहिए टास्क फोर्स। करते रहिए काररवाई। जो मौतें हुई हैं उसके लिए आपकी सरकार और आपका प्रशासन दोषी है। इससे आप भी इनकार नहीं

कर सकते। इसलिए मृतकों के परिजनों को मुआवजा मिलना चाहिए। हमारा आंदोलन तब तक चलता रहेगा, जब तक आप मृतकों के परिजनों को मुआवजा देने को तैयार नहीं होंगे। सरकार अपनी जिम्मेदारी से पल्ला नहीं झाड़ सकती।

मुख्यमंत्री : वह दिन कभी नहीं आएगा। किसी कीमत पर नशेड़ियों की मौत के लिए मुआवजा नहीं दिया जाएगा। आप जितनी चमका सकते हैं, अपनी राजनीति चमकाइए। इससे हमारी सरकार को कोई फर्क नहीं पड़ेगा।

सातवाँ दृश्य

[शराब तस्करों के सिंडिकेट की बैठक चल रही है। उसमें चार लोग शामिल हैं। भानु प्रताप सिंडिकेट का प्रेसीडेंट है।]

भानु प्रताप : यह बैठक खास कारण से बुलाई गई है। जहरीली शराब कांड के बाद स्थितियाँ हमारे प्रतिकूल हो गई हैं। हमारी ही बिरादरी के लोग हमारे रास्ते में काँच के टुकड़े बिछा रहे हैं। हम नशाबंदी का पूरा लाभ उठा रहे थे। आसपास के राज्यों से शराब भेजकर जरूरतमंदों को इसे मुहैया भी करा रहे थे और लाखों की कमाई भी कर रहे थे, लेकिन लोकल व्यापारियों ने जहरीली शराब कांड करके सारा गुड़-गोबर कर दिया है।

एक सदस्य : क्या चल रहा है, जरा विस्तार से बताइए।

भानु प्रताप : देखिए...जो भी लोग मरे हैं वे हमारी शराब पीकर तो नहीं मरे। हम जहर नहीं बेचते। ज्यादा पैसा चार्ज करते

हैं, लेकिन जो माल देते हैं वह असली देते हैं। राज्य के लोगों को जितनी जरूरत है हर हाल में उतनी सप्लाई देते हैं। कहीं कोई कमी नहीं होने देते। गाँव-गाँव में होम डिलिवरी की व्यवस्था करते हैं। फिर क्या जरूरत थी उन्हें नकली शराब पीने की। सिर्फ सस्ता नशा करने के चक्कर में अपनी जान गँवा बैठे। हम पूरी ईमानदारी से अपना काम करते हैं। मिल-बाँटकर खाते हैं। इसीलिए सरकारी अफसर और नेता-मंत्री तक हमारा सहयोग करते हैं। ये गाँव-देहात के छोटे-छोटे व्यापारी हैं, जो नकली देसी शराब बनाकर बेच रहे हैं। अभी तीन दिन पहले उन्हीं की बनाई शराब पीने से 150-60 लोगों की मौत हो गई है। इस घटना को लेकर राजनीति गरम हो गई है। विपक्षी नेता विरोध में आंदोलन कर रहे हैं। इस हलचल के बीच हमारे शुभचिंतकों ने फिलहाल अपना काम रोक देने को कहा है।

सदस्य : तो क्या हमारा धंधा बंद हो जाएगा?

भानु प्रताप : कुछ समय के लिए लेकिन पूरी तरह नहीं। हम शराब की सप्लाई नहीं रोक सकते। हमने सप्लाई रोकी तो लोग बूँद-बूँद शराब के लिए तरस जाएँगे। तब नकली शराब की बिक्री और बढ़ेगी।

सदस्य : फिर…।

भानु प्रताप : अपने सहयोगी अफसरों की उनके विभाग में साख बनाए रखना हमारी जिम्मेदारी है। पहले हम पाँच दिन माल निकालते थे और दो दिन कुछ-कुछ माल पकड़वा देते थे। ताकि उनकी प्रतिष्ठा बनी रहे। अब छह दिन माल पकड़वाएँगे और एक दिन

निकलवाएँगे। एक ही बार में सप्ताह भर का कोटा भेज देंगे।

सदस्य : हर हाल में आप रास्ता निकाल लेते हैं। इसीलिए हम आपके टैलेंट का लोहा मानते हैं। सरकार नशाबंदी लागू करती है और आप उसी सरकार के अफसरों को गैर-कानूनी धंधे में मदद के लिए तैयार कर लेते हैं।

भानु प्रताप : असली बात यह है कि सीएम को छोड़कर उनकी सरकार में कोई भी शराबबंदी के समर्थन में नहीं है। जितने भी मंत्री-संत्री हैं, सब के सब शाम के बाद दारू पीते हैं। हम उन्हें महँगी-महँगी शराब गिफ्ट में भिजवाते हैं। जो भी हो, हमें राज्य सरकार का शुक्रगुजार होना चाहिए कि उसने शराबबंदी लागू करके हमें कमाई का एक जरिया दे दिया। जो पैसा सरकार के खजाने में जाता वह हमारी तिजोरी में आ रहा है वह भी दुगुना-तिगुना होकर।

सदस्य : राजनीति से भी हमें फर्क नहीं पड़ता।

भानु प्रताप : क्यों फर्क पड़ेगा, हम भेदभाव नहीं करते। सत्ता हो या विपक्ष सबको सम्मान देते हैं। वे हमारा खयाल रखते हैं, हम उनका खयाल रखते हैं। विपक्षी नेता जहरीली शराब कांड में सरकार को घेरेंगे, लेकिन हम पर उँगली नहीं उठाएँगे। फिर भी हमें एक काम करना होगा। नकली शराब बनानेवाले गिरोहों की पड़ताल कर उन्हें अपने गैंग में शामिल करने की कोशिश करनी होगी। नकली शराब का धंधा खतरनाक है। हम उन्हें क्रेडिट पर अपना माल बेचने को देंगे।

आठवाँ दृश्य

[भानु प्रताप के सामने तीन-चार ग्रामीण बैठे हैं।]

भानु प्रताप : पैसा ही कमाना है न? देसी शराब चुलाने से क्या फायदा? हमारे सिंडिकेट में शामिल हो जाओ। हम उधार में माल देंगे। तुम बेचकर चुकाना। जितना कमा सकते हो कमाओ, लेकिन लोगों की जान से मत खेलो।

एक ग्रामीण : हम जनता के सेवक हैं। अमीर-गरीब सबकी जरूरत का ध्यान रखते हैं। लेकिन आप अंग्रेजी शराब ही देंगे न? देसी तो नहीं देंगे?

भानु प्रताप : देसी में ही कांड होते हैं। हम बिल्कुल शुद्ध अंग्रेजी और ब्रांडेड माल देंगे। उससे किसी की मौत नहीं होगी।

ग्रामीण : लेकिन अंग्रेजी शराब महँगी होती है। अमीर लोग उसे खरीद सकते हैं, पी सकते हैं, पिला सकते हैं। गरीब लोग उतना पैसा कहाँ से लाएँगे? हमें सबका ध्यान रखना होता है। अमीर लोगों तक आपका माल पहुँच जाता है लेकिन गरीबों का क्या होगा! दिन भर मेहनत करने के बाद उन्हें थकावट मिटाने के लिए शराब की जरूरत होती है। लेकिन उनको देसी चाहिए। विदेशी से ज्यादा खपत देसी की है। वैसे भी हम विदेशी का बहिष्कार और स्वदेशी को स्वीकार करते हैं। हम गरीबों को उनके अधिकार से वंचित नहीं रख सकते। इसलिए हर हाल में देसी दारू बनाएँगे और बेचेंगे। इसे कुटीर उद्योग का दर्जा दिलाएँगे। पड़ोसी राज्य में यह घर-घर में बनती है। कोई पूछने नहीं जाता। हमने कोई

पहली बार नहीं बनाई। हमेशा स्वदेशी शराब बनाते हैं। गलती से एक बार जहरीली हो गई तो उसे छोड़ थोड़े ही देंगे।

भानु प्रताप : चलो ठीक है, तुम अपना काम करो, लेकिन जब हमसे जुड़ने का इरादा हो याद कर लेना।

ग्रामीण : थोड़ा मामला शांत हो जाए, तो इस पर बात करेंगे।

भानु प्रताप : देखा आपने'''इस राज्य का'''इस देस का कुछ भी नहीं हो सकता। अवैध धंधे चलेंगे, राजनीति भी चलेगी। जिनको जीना है जीते रहेंगे, जिनको मरना है, मरते रहेंगे। जो भी हो, हमारा सिंडिकेट हर हाल में चलता रहेगा।

□□□

* 9 7 8 9 3 5 5 2 1 6 1 7 5 *
FCW - #0134 - 061026 - C0 - 216/140/9 - PB - 9789355216175 - Matt Lamination